實踐導向的

華語文教育研究

Teaching Chinese as a Second Language:
A Practice-Oriented Approach

宋如瑜

目錄

導言

> 我們需要為教育負責，引領新手進入專業的殿堂，並
> 往下傳承專業經驗，當這麼做時，我們需要以口語及
> 組織化的方式來表達隱存於實踐行動中的知識。
>
> ——Altrichter, Posch & Somekh

一、從實踐出發

華語文教學的歷史很長，但遲至一九七八年才獲承認[1]，正式成為一門專業。此學科鎖定華語文的「教學」，其中便隱含了實踐與應用的特性，它同時亦具有教育學中的「工作——成效的概念」（A task-achievement concept），在華語教學中，合宜的教學歷程與成果同樣重要。這本書所探討的，就是在實踐中，實務工作者如何評估所處的時空、規劃了何種實踐程序、如何因應突如其來的變局、最後得到了什麼結果，以及從實踐反思中獲得了哪些知識。

書中論述的是實務工作者在職場中應用專業知識的故事，亦即八個華語文教學的實踐研究。內容分為兩方面：一是華語文教師培訓，包括：在彼岸重建教學團隊的歷程、教育視導理論在華語文教學上的實踐、華語文夏令營的設計與

---

[1] 一九七八年，北京地區語言學科規劃座談會上，與會學者根據國外第二語言學科教學特點和規律的研究，以及中國對外漢語教學理論研究和教學實踐的發展，提出了對外漢語教學是一門學科的看法，形成了會議的共識。（施光亨編，1994，34 頁）

管理、印尼華語文師資的短期培訓等；另一是僑生華語文教育，包括：大學僑生的學習困難、僑生華語文分級課程的發展、華語文網路課程的建構與反思、從僑生轉化為華語文教師等。這些研究雖然透過紙面書寫的形式呈現，本質上則是真實情境中的實踐結果。

何以實務工作者有必要做研究？乃緣於多數純粹的學術研究成果未必能夠直接解決實務上的難題。真實的行動場域，不同於溫度、溼度皆可恆定控制的實驗室，行動場域中少有「純然客觀」、「恆然不變」的情況，也無法完全掌控「變項」。實驗研究的關鍵字是「控制」、「操作」、「觀察」，行動場域中看重的卻是「肩負責任」、「解決問題」、「接受結果」，兩者的立足點、目標不同。因此，某些研究成果在實務上即使具有相當參考價值，卻不能逕以援為解決問題的憑藉。欲對症下藥，直接而有效的途徑就是實務工作者在「做事」的同時也實事求是地「做研究」，以研究的態度去面對、解決活生生的難題，進而產生相應而有效的的實踐知識。

多年來在華語文教學中研究與教學截然分途，此情況亦如其他教學領域。華語文教師為什麼不常採用「研究」成果？又為什麼無意於研究？

1. 語言教學傾向技能（工具）傳授，就「理論」與「應用」兩個向度觀之，在「應用」重於「理論」的情況下，教學仍可進行，反之則否。

2. 教師能力、精力、時間有限，很難從堆積如山的論著中找到相應的、合於需要的策略。例如：教師要教幾個重要的語法點，如「了」、「把」等，在備課

時，少有教師會去看完一篇「了」字句、「把」字句的論文，教師的備課方式是查語法書、字典。教室的「教學情境」與研究室的「研究情境」雖非互斥，卻迴然有別，教師往往不易有充裕的時間針對某個語法點做深入的探討。

3. 一般華語文教師未必受過語言學的專業訓練，因此不易進入抽象、陌生、概念紛陳的學術語境中，因此對研究成果每每敬而遠之。

另一個問題是，教師為何沒有興趣做「研究」？

1. 一般華語文教師對「研究」的刻板印象是：研究工作是某個階級專屬的崇高任務，未經學術洗禮的教師，即使實務經驗豐富，也不具研究能力，不必自曝其短。

2. 教師精力、時間多用於教學及其相關事務上，從事實務之餘，已無太多力量進行一個能為學術界認可、尊重的研究。

3. 實務工作者不必透過論文來建立自己的地位，其專業自信來自學生的具體進步而非研究發表。

當實務與研究判然分途，實務工作者被摒棄或自棄於研究的門牆之外，於是，從實務中獲得的知識便無法有效地累積、傳承。華語文教學是一個實務傾向甚強的學科，若理論研究豐富，而實踐研究乏人問津時，其所呈現的必是頭重腳輕，甚至不良於行。近代行動研究理念的興起，替實務工作者找到新的研究徑路，也為其研究建立了合理的依據，並能將知識有系統地公諸於世。

二、行動研究的特徵

　　行動研究即是實務工作者在職場中解決實際問題的研究。唯行動研究本身具有因應變革的特性，故在不同的情境中會形成相異的策略，因此在解釋、定義上，經常呈現眾說紛紜的現象。現將 Altrichter, Posch & Somekh（夏林清譯，1997，頁 7-8）的說明，要舉如次：

1.　行動研究由關心社會情境的人來針對社會情境進行研究。

2.　行動研究起於每日教育工作中所產生的實際問題（而不是迎合一些流行的學術術語和理論）。行動研究者在改進實際教育現場的同時建立有關參與者（如教師）實踐的知識。

3.　行動研究必須和學校的教育價值以及教師的工作條件相容。行動研究也能促進這些教育價值向前發展，並改善教育系統中教師的工作環境。

4.　行動研究提供進行研究與發展實務的一些簡要策略。適合教師使用的研究方法必須在不過度干擾實務工作的情況下進行。

5.　其協助教師反映性的行動以便能發展個人知識，所以，反映思考將開發出行動的新觀點，也將在行動中為人理解、檢驗。

6.　每一個行動方案，不論方案規模的大小，都有自己的特點。

　　以上七點特徵，也會在本書的八個研究中具體呈現。「教育行動研究」就是教師動手做研究，此即「教師即研究者」

的概念，其目標是解決行動場域的實際問題，並應付現實情境中的種種變化。行動的過程中，教師藉由反省、思考、互動、協同、批判，開發出新的觀點與策略，並分享彼此的研究成果，但不以「放諸四海皆準」的定理為主要訴求，因為每個問題都有其發生的特定時空，而各個因應方案也都有其獨特之處。此亦可與「反映理性」（夏林清譯，1997，頁261）假設相呼應：

1. 複雜的實務問題需要特定的解決之道。

2. 這些解決之道只能在特定脈絡中發展出來，因為問題是在該脈絡中發生、形成的，實務工作者更是其中關鍵且決定的因素。

3. 這些解決之道不能任意移植到其他脈絡之中，但可以被其他實務者視為工作假設，並在其自身的教學情境中進行檢驗。

此外，學者（陳錦蓮等，1993）對行動研究務實特徵所做的描述，亦與本書中的研究相契合：

合作性：實務工作者與專家合作共同計畫、執行與評鑑行動研究的過程。

參與性：從事行動研究與應用研究結果的人都是實務工作者。

特殊性：研究對象是特定的，不採大樣本的研究。

情境性：研究的情境為真實的工作情境。

發展性：研究過程即行動過程，問題假設與研究方法皆可不斷修正。

及時性：研究結論用在即時解決教育問題。

實用性：以解決問題為導向。

自我成長性：實務工作者可獲致專業成長。

三、研究方法

（一）Lewin 的行動方案

　　本書中的研究主要是以 Lewin（1946）的計畫、行動、觀察、省思模式作為依據。從參與觀察、課堂視導、深度訪談、文件分析所獲得的資料中找尋問題起點並澄清問題，復經反省經驗、檢索資料、同僚討論以發展出策略與行動，行動後將結果呈現出來並檢討得失，建立修正方案，而後進入下一行動循環。 Lewin 的基本行動研究模型分成四個部分：1. 計畫：發展出一套計畫來改善現有情況。計畫與行動都具某種程度的冒險，總體計畫須保持高度彈性，以便因應未知因素。計畫必須有策略，方能解決人、事、物的限制。共同的參與者應合力建立精確有效的溝通方式，以利行動。2. 行動：以行動來實施計畫，行動是動態的，行動者運用實務判斷力，當下做決定。有時協商與妥協亦屬必要，唯妥協必須有策略上的意義。行動後可獲得的成果是教學、認知或是行動環境的提升。3. 觀察：檢視在環境中出現何種效應？包括行動過程、成效、限制、影響等。觀察可提供完整資料，以利嚴格的自我省思。4. 省思：針對結果省思，並進入接續的計畫。

（二）參與觀察

　　參與觀察的研究方法取自於人類學。就 Lofland（1984）的說明，參與觀察即實地觀察(field observation)，是研究者為了對團體有所謂的科學瞭解（scientific understanding），而和該團體建立並維持多面向、長期的關係。此時，研究者期望經由局內人的觀點（insider's viewpoint）、開放的過程、深度研究個案的方法（an in-depth case study approach）去研究參與者和報導者的生活，進而獲得資料。

　　在本書的八個研究中，研究者的觀察身份均屬於 Raymond Gold（1969）所提出的參與者一如觀察者（participant-as-observer），其要點是，研究者完全參與其中，但須向所研究的團體表明研究身份。選擇此種身份，一是因為研究者即身處此一場域當中，無論擔任教師、管理者或培訓者，均有其合法的身份。其二是基於倫理的考慮。

（三）文件分析

　　本研究所分析的文件包括研究者個人的方案記錄（研究場域裡所有的記錄）和文件記錄。方案記錄和文件記錄具有雙重目的：1. 它是整個研究的基本資料來源，包括背景、活動、歷程的各項記錄。2. 它協助研究者釐清，哪些是需要進一步觀察和訪談的重要線索。

　　文件的類型包括：學者研究成果、政府法規、過程評鑑、當事者書寫的心得、實務工作者心得。方案記錄有：會議記錄、行動決定過程記錄、工作日誌、師生訪談記錄、實地筆記等。

四、行動實踐的知識類型

行動實踐的知識類型分為：行動中的內隱認識（tacit knowing-in-action）、行動中省思（reflection-in-action）、行動後省思（reflection-on-action）（夏林清譯，1997，頁 263-267），亦即饒見維教授所謂的「行前思、行中思、行後思」，而此三類皆可使實務工作持續地發展與創新。

（一）行動中的內隱認識

> 「例行性行動」並不是指知識的不足反而代表了知識組織（knowledge organization）某一種特定品質——一種和任務相關之知識的濃縮。
>
> ——Altrichter, Posch & Somekh

在各行業中，工作的類型可化約為「例行工作」與「非例行工作」兩部分。相較於新手，資深者能順利、有效率地完成例行工作，乃歸功於行動中的內隱認識。內隱認識是工作者執行例行工作的自動化能力，此能力雖是思考與行動配合無間的結果，卻是在不知不覺中形成的。實務者達到能自動化執行例行工作的水準後，通常難以細數自己已具備多少實務知識，也不清楚是如何學到、建構這些知識，自然就不常以語言文字來描述此實踐知識，而行動場域中大部分的事務屬於例行工作，執行例行工作的知識無疑是新手應先予掌握的。因此當學校培訓新任教師時，為順利完成例行工作，首先思考的應是教師應具備哪些知識、能力，其次是教師該如何在最短時間內獲得這些知識、能力，再其次是傳遞者的

有效傳遞策略為何？資深教師多年的經驗（行動內隱認識）是新教師邁向專業學習的第一步，然而正如 Altrichter, Posch & Somekh 所述，「專業者通常無法清楚明白的用語言描述此一實踐知識」，由此亦可理解何以大部分語言中心在培育教師多年後，卻未能產生一本呈現實務者內隱認識的行動手冊或與教學相關的操作程序。資深教師對行動中內隱認識的反省、呈現、傳遞，是本書師資培訓個案中的行動基礎。

（二）行動中的省思

> 實務工作者是在他的實踐行動中思考及學習的。他絕不是只在行動而已，他的行動也是他的認識歷程的反映，也唯有他能在行動實踐中不斷學習「反映思考」（reflective thinking），他對事物的認識才能提升，專業的實踐品質才能改進。

——Argyris & Schon

「行動中的內隱認識」給予實務工作者支持，使其在新的工作情境中[2]仍能理出頭緒、按部就班進行例行工作。但在整理頭緒的同時，實務者還要評估在變革之中如何重新反省內隱認識，進而調整已成的觀念、方式，因應變局。當此過程結束後，實務者的內隱認識便隨著反思、調整而逐漸擴充，實踐品質亦因此獲得改善。在行動中進行反思，依靠的不是既存的理論、技巧，而是針對某個獨特案例進行深入的

---

[2] 新的情境指環境、人、事的改變，如第一章中的華語中心西移大陸，對實務工作者而言，此即是新的工作情境。

思考，進而建構出新的策略、理論。行動就是一種實驗，過程中我們能推進對事物的理解。本書有關僑生教育的四個個案，就是實務者經由瞭解情境、反省內隱認識、與學習者互動後，修正過往偏差的教學策略，進而擴充內隱認識的過程。

（三）行動後省思

經驗+反思=成長——G. J. Posner（皮連生，1997）

經驗＋反思＋重構＋表達＝ 知識傳承

「行動後省思」，是指在行動之後，實務者將自己的思考焦點由情境中抽離，以後設的態度去分析、釐清行動實踐所得的知識，重新形成對事物的假定，進而修正或活化原先的內隱認識。此過程可增進實務者分析、重組知識的能力。當知識由抽象的直覺、想法轉化為具體可分析的項目、步驟時，專業者在行動後所發展出的新知便能為人所見，也就可以傳承下去。

資深教師將自己對教材的評估、教學所得、教學程序、教學問題，通過實踐、反省、修正，以系統化、結構化的文字記錄下來，就是「行動後省思」的實例，此種知識亦為缺乏該科經驗的教師奠定較佳的實踐基礎。

五、本書各章的重點說明

（一）在彼岸重建教學團隊的歷程

本章是敘述臺灣一所華語文中心西遷至大陸後，在當地

重建教學團隊的過程。一九九七年秋天，原設於臺灣大學內，已有三十多年歷史，專門教授高級華語文課程之 Inter-University Program for Chinese Language Studies（簡稱 IUP），遷校至北京清華大學。為因應教學需要，該中心預計在一年內以職前訓練、在職訓練等方式，完成當地首批新進教師的培訓。

筆者有幸參與此歷史任務，在異鄉負責了十四個月的教務工作與師資培訓。身處陌生的社會，所有教學、行政事務都從零開始，無論是新教師的招聘、培訓或是例行的教務工作，都遇到了前所未有的挑戰。這個情況就像臺商、外商在大陸設置分支機構一樣，最艱苦的不是硬體的建置，而是要設法將母機構的組織制度、工作文化有系統地傳輸給當地的工作者。「橘逾淮為枳」是常態，若想橘逾淮而仍然為橘，所付出的心力就不言可喻了。

回顧遷移後第一年的新進教師培訓，之所以能順利完成而不致讓人望枳興嘆，乃歸功於所採用的「經驗傳輸模式」，特別是針對實務者「內隱認識」（即例行工作能力）的傳輸。我將此過程稱之為「灌能」，其中包括輸入知識、溝通觀念、教學示範、模擬試作、交流經驗、解決難點、改正個別錯誤等步驟。這些有系統的工作程序，讓新教師在實際操作時的錯誤率降至最低，也有效地降低了教務、培訓工作的份量。

（二）教育視導理論在華語文教學上的實踐

華語文教學領域的教師流動率一向偏高，許多語言中心都得面對年年招聘、歲歲培訓的情況。臺灣的 IUP 歷來以短

期職前訓練與師徒相授方式培育新進教師。IUP 移往北京後，最棘手的是缺乏資深教師的協助，師徒制的培訓無法進行。面對此種改變，實務者「內隱認識」必須大幅調整，除了規劃新的培訓方式外，並須輔以有計畫的視導，以協助教師由反省、互動中逐步改善教學。

「權變視導」的概念來自教育行政中的權變理論（contingency theory）。其假設是沒有一種視導模式、視導風格可以放諸四海、適用於所有的教學情境。視導方式有效與否，是由接受視導的教師的教學態度、服務熱忱、應變能力、專業水準、學習方式、個人需求等因素而定，能協助教師成長，就是合宜的視導方式。權變視導途徑強調視導人員必須依教師的發展程度、投入程度、抽象思考能力，設計合宜的視導策略（張德銳，1994）。

一九九七至九八年 IUP 的視導策略，將整學年依學期劃分為四個視導階段，隨著教師專業發展的需要，每學期的視導內容、方式、程序各異。第一學期的目標是建立新教師負責的教學態度、工作習慣，傾向於行政督導。第二學期的重點是協助教師發現並解決自己的課堂問題，傾向於臨床視導。第三學期是協助教師預測課堂的問題，以防患未然，傾向於自我視導。第四學期培養教師偵測彼此課堂問題的能力，並找出解決策略，進而形成同僚互助的機制，傾向於同僚視導。

本章所探討的是實務者在「內隱認識」無法因應變局時，如何經由探究、規劃、評估、反思，將教育的視導理論融入語言的教學管理中，形成有效的解決策略，進而解決實務上的難題。

（三）華語文夏令營的設計與管理

二〇〇二年夏天，中原大學應用華語文學系、世界華語文學會、宇宙光基金會、明新科技大學等單位，在教育部僑教會支持下，舉辦了第一屆「華裔青少年華語文及福音體驗營」。學員是來自印尼、美國、香港十四歲到二十二歲的華裔青年，舉辦者以全人教育理念為基礎，設計了一套全語言（Whole Language）、全方位的夏令營華語文課程。

從推廣教育的角度來看，青少年暑期夏令營最值得投資：第一，青少年的思想已近成熟，對鄉土的認同可延伸至成年。第二，如果對臺灣的文化有基本的瞭解，甚至產生正面印象，可提高其日後返臺就讀大學的意願。第三，讓海外青少年與擔任教學、輔導工作的本地大學生互動，是培養臺灣學生世界觀的機會。第四，暑期舉辦夏令營，正值學生放假，此時學校人力、設備、教室尚有空閒，善加利用既有的資源，必能事半功倍。

然而青少年暑期夏令營課程，亦有其先天的限制與需求：第一，學習者普遍缺乏動機，因此教學內容要符合青少年喜歡變化、動態、刺激、挑戰的特性。第二，學習者的年齡、母語、華文程度、使用的拼音字體各異，教師提供的教材必須能滿足個別的需求。第三，暑期夏令營是短期工作，不易找到有經驗的華語文老師任教。在考量營隊的特性與需求後，我們甄選了六位熱情、負責的大學畢業生擔任教師，並重新建構一個「教學相長的華語文夏令營管理模式」，以邊做邊學的方式同時培訓教師與學員。

　　在培訓教師時，第一個面對的問題是：如何在最短時間內，讓新教師逐步掌握每個工作環節？採行的步驟如下：1. 將例行工作分類，按照執行的先後訂定培訓計畫，每次只精熟單一項目。2. 將培訓項目製成可隨時查考的工作手冊，內容包括：觀念辨析、有效的工作流程、錯誤舉例、如何避免錯誤等。3. 資深教師示範該項目的操作方式，並與新教師討論以澄清觀念。4. 新教師試作該項目，彼此觀摩並提供改進意見。5. 在教學情境中實作，資深教師在旁觀察，並針對個別的不足，做一對一的訓練與改正。

　　呈現的結果是，合作的團隊加上周全的培訓計畫、明確的工作程序，即使面對背景複雜的學習者，一群缺乏經驗的老師也能達成目標。此次的培訓採用了之前的「經驗傳輸模式」，並於反思後建構出了新的「教學相長」的教師短期培訓方案。

（四）印尼華語文師資的短期培訓

　　二〇〇一年起，中華民國僑務委員會在各地區積極籌辦「華文教師回國研習班」。二〇〇五年暑假，中原大學受僑委會委託，辦理印尼地區「華文教師回國研習班」。在中原大學承辦之前，其他單位所提供的課程大都是以第一語言的教學理念，針對某個年齡層的教學來設計，並兼有唱遊、美勞、團康等活動。但是，當我們回顧印尼華教的發展，發現經過數十年的變動，現今的印尼華教已不屬於第一語言教學，而轉入了第二語言教學的範圍。過去辦理此課程的理念、作法，自須適度修正。為了完成此項任務，筆者在設計

研習課程前，再次回顧了兩岸學者對印尼社會、華文教育所做的研究，並納入自己與印尼中、小學教師數次座談所得的資訊，期望經由各面向的重新思考，建構出較符合當前印尼教師需要的三週課程。本次研習的定位是「學習者中心的師資培訓」，試圖結合臺灣教師的專業能力，與印尼當地教師肩並肩，一起去面對華文教學的相關問題。

本章依行動過程的先後論述：第一，根據書面、訪問資料、教師華語文能力測驗的結果，推知印尼地區華文教學的瓶頸為：教師華文基本能力不足、教師第二語言教學能力不足、缺乏合適的教材三項。第二，針對上述的教學瓶頸擬定本次研習內容。第三，說明由於思考角度、期待的目標不同，本次研習發展出了異於其他培訓單位的內容：異質交流的合作學習、有計畫的發音練習、行與思結合的模擬教學、從做中學的教材編寫。第四，呈現研習結束前，學員對此次課程所做的問卷和文字敘述評鑑。第五，分析大陸近年來的海外教師培訓策略，以及對臺灣可能造成的影響，提供給僑務委員會及有意從事師資培訓的單位參考。

（五）大學僑生的學習困難

政府輔導僑生回國升學，始自清光緒三十二年為辦理僑民教育而創辦的「暨南學堂」，到今日已近百年。國民政府遷臺後，持續推動僑教，已完成數項輔導僑生升學的規劃，截至二〇〇二年止，回國升學的僑生超過十五萬人，大學畢業的僑生接近八萬（高崇雲，2003），遍布全球六十二個國家和地區。本章討論的「僑生」，包括僑生與港澳生，指在

海外出生連續居留迄今，或最近連續居留海外八年以上，其父系具有中國血統，並依「僑生回國就學及輔導辦法」來臺升學者。

由於僑居地教育資源不足，僑生很難跟本地同學競爭有限的大學入學名額，政府為鼓勵僑生返國升學，遂訂定辦法使其享有加分入學的優待，卻忽略了語文能力不足，影響的不僅是入學考試，對進入大學後的各科學習也有妨礙。針對僑生學習的能力，僑委會（1982）曾做研究，發現僑生中「學科程度不足者」高達百分之四十，推測學生素質低落的原因為東南亞各國的「國民教育本國化」，使得海外僑校不易生存，因而造成僑生語文程度低落。楊國樞等（1973）的研究也指出，情緒不穩定、從前訓練不夠，授課方式不理想是僑生學業成就的三大障礙。楊極東（1985）更指出「適應狀況與僑生學業成績有顯著複相關」，並建議加強輔導，以免形成惡性循環而產生更嚴重的適應問題。這些研究說明：僑生回國後不易適應，此既緣於華語文程度不足，亦肇自兩地教育方式、內容的差異。過去的研究在看待「僑生」問題時，傾向把僑生視為同一類學生來研究，今天重新省視此一課題，發現以往所認知的海外僑教，數十年來在各地已有了迥異的發展面貌，不同學習背景的僑生回臺後，雖然可能都有課業上的困難，但因各僑居地的情況不同，輔導的方向也須因地調整。

一九九九至二〇〇三年，筆者負責國立暨南國際大學僑外生的「華語文課程」，教學中接觸了來自各國的僑生，由於僑居地的華語文環境、教學方式急速變化，回臺的僑生與

過去的僑生所受的教育已大不相同，為了確定未來教學的方向與內容，進行了以下幾部分的調查研究：第一，從文獻資料中瞭解各僑居地華語文推展的實際情況，以確知僑生來臺前已潛存的華語文問題。第二部分，根據兩次僑生 BBS 網路座談會的紀錄，歸納了僑生對自己學習困難的描述。第三部分，針對僑生日常生活需要面對的語境做調查。根據此三部分，可以勾勒出一個比較清晰的輪廓，提供未來調整僑生華語文課程內容、編寫教材或施以補救教學的參考。

（六）僑生華語文分級課程的發展

國立暨南國際大學以發展僑教、拓展國際交流為立校宗旨，自一九九五年創校以迄一九九八年，囿於人力、物力，一直未能設置提升僑生華語文能力的專門課程，僑生語文能力不足，對其在臺之生活與學習影響甚鉅。

暨大僑生來自歐、亞、非、美、澳五大洲，他們背景不同、情況互異，就文字學習而言，有正體、簡體、正簡體並用三種；就拼音言，有注音符號、漢語拼音、無拼音基礎三種；就以往學習型態觀之，有的上過正規中文學校、有的參加假日中文班、有的得自家學、有的則是來臺後參加華語中心的密集中文課程等等，學習狀況相當分歧。經由一九九八年所做的聽、說、讀、寫分項測試發現，暨大僑生華語文程度自本地小學低年級至高中不等，此種情況不僅無法讓僑生與本地生併班修習國文課，即使將所有僑生歸為一班也不適當，理想的作法是依學生的華文標準測驗結果予以分級，之後分班授課，以解決多年來的教學困境。

　　僑生華語文分級課程，不同於由教師以講授選文為主的「大一國文」，而是兼有「閱讀討論」、「語言練習」的華語文能力訓練課程，並採用多元教材、多種練習活動，務使課內教學、課外自學相輔相成，達到一年內有效提升僑生語文能力的目標，使其能儘速適應在臺的學習生活。

　　實施分級課程的第一年，發生了九二一大地震，無預警的天災，攪亂了既定的規劃，但從另一角度來看，卻也是實務者擴充內隱知識、再次反思調整教學的機會。本章詳述了分級課程實施前的教學困境、設置分級課程的理由、教學目標的規劃，以及執行時面對變革的因應措施。此針對僑生華語文課程的研究與改革，奠定了日後分級課程的基礎，並沿用至今。

（七）華語文網路課程的建構與反思

　　科技促進了文明的發展，也解決了人類生活中的許多難題。因資訊科技的進展，近年語言教學也有了新的突破。本文討論的是國立暨南國際大學如何將網路教學系統用於僑外生華語文課程，以解決學習者程度不一、教學時數不足的問題。

　　為提高僑生華語文的學習效率，一九九九年暨大率先實施僑外生華語文能力測驗，並依測驗結果將學生分為初、中、高三級分別授課[3]，藉以提高華語文聽、說、讀、寫的

---

[3]　僑外生華語文發展過程詳參本書〈僑生華語文分級課程的發展〉一章。

程度。預定在一年內將初級學習者提升至中級（亦即從小三程度提升至小五、六）、將中級學習者提升至高級（亦即從小五程度提升至國一、二）。然而以學校規定的每週兩小時課堂教學，不易達到此一目標，除了兩次上課間隔七天，容易遺忘之外，課堂上練習的時間也不敷所需。對照美國大學外語課程每週四到八小時的標準，暨大華語文課的時數遠遠不足。

為解決課時的不足，在不得更動學校課程的情況下，第一線教師唯一能做的就是建構網路課程，設法將教學範圍延伸至教室之外。從二〇〇〇年起，筆者嘗試以網路教學來彌補課時的不足，具體的做法是將以往課堂中單向傳輸的教學活動移至網路，督促學生課後自學，並把節省下來的時間用於口語互動練習。亦即將原先單軌的傳統教學型態，逐漸轉為「課堂」、「網路」互補的雙軌課程。「虛擬實境」的網路教學，具便捷、不受時空限制的特性，增加了學習者的學習機會；傳統的「教室情境」，有利於直接互動、方便教師掌握學習者的學習進展。兩相配合之下，不僅在無形中增加了課時，也讓學生獲得了補救教學與自學的機會。

本章逐一說明網路教室的系統架構、教材內容，教師端與學生端的系統功能，以及使用後的反思，有志網路語言教學的教師或能有所參資。此外，筆者也從經濟效益、花費時間、教學效率、評量方式等各面向，重新檢視此新型態教學的利弊得失，以及日後實施「教室情境」與「虛擬實境」互補教學的可行性。

（八）從僑生轉化為華語文教師

海外華語文師資長期不足，臺灣政府曾經由各種方式來提升僑界師資的質與量，但情況並未改善。一九四九年以來，來臺就讀大學而畢業的僑生已逾八萬人。這些受過高等教育的華裔子弟返回僑居地後，僅有少數從事華文教學。經文獻、訪談得知，返國僑生中，雖有志在華教者，往往因本身語文能力不足，而又缺乏師資專業訓練，多半未能繼續發展。鑑於華語文師資缺乏、有心者無入門之徑，本章提出了一個「大學僑生華語文師資培訓方案」，讓僑生能成為專業的華語文教師，以擴大僑教師資的質與量。設計的內容包括：（一）提升聽、說、讀、寫能力之華語文課程；（二）提升教學能力的師資養成課程；（三）提升教學效能的教學實習、畢業專題等應用課程。

在教育部僑民教育委員會召開的僑民教育學術研討會中，學者鑑於海外華文教育的資源缺乏，曾倡議臺灣應針對海外的特殊需求設置專門的科系與科目，然遲至今日與僑教、華教相關的專業科系仍未成形。本文的最終目標，是在大學中設置培育僑教師資的專門科系，若初期因人數不足，或可先由同地區的幾所大學聯合試辦師資學程，穩定後再逐步發展成專業學系。

本章從對臺灣高等教育的反省、了解僑居地華教需求、對比兩岸漢語師資養成方式出發，評估華語文教師應有的專業能力，以及僑生尚需提升的語文專業知識，進而建構出符合臺灣教育體制，且能配合僑居地需要的大學專業課程、教

育學程，使有志從事華語文教學的僑生，未來有機會從「學習者」順利轉化為「教學者」。

在許多研究者的觀念中，實務是小道、屬於勞力的工作，難與勞心的純學術研究分庭抗禮，但是當我們將目光集中於「華語文教學」此一學科時，便無法忽視實務工作在此領域中的重要地位。所有的教師、行政人員、教材編者都是實務工作者，純學術的研究對學科有前導的作用，而實踐知識的累積卻能提升此專業的品質與效率。華語教學在臺灣有五十年的歷史，也曾輝煌一時，然而大部分的實踐知識卻隨著資深教師的退休而流逝，年輕教師只能歸零，從頭開始摸索，缺乏知識累積的專業，發展勢必遲緩。

本書是個人八年來在華語教學工作的親身實踐與反思，將點點滴滴公諸於世，並不意味這些經驗具有指標意義，乃是筆者深信所有經過深思的實踐歷程都有參考價值。教師動手做研究，在各級教育領域中已蔚為風潮。華語文教師亦可從中開出新路，認真看待在教學情境中形成的經驗，藉由反思以建構新知，進而彼此分享、相互攻錯，使源自於實際情境的有效知識得以擴散、傳承。

第一章　在彼岸重建教師團隊的歷程

一、臺灣華語文中心的西進實例

　　本文是敘述臺灣一所華語中心西進大陸後，在當地重建
教學團隊，以承繼光榮傳統的過程。我有幸參與此歷史任
務，在異地負責了一年的教務與師資培訓工作，當我離開北
京時，我看到新的華語中心已經走上軌道。撇開兩岸的政治
對立，單從教學觀念、技術轉移的角度來看，我應是完成了
當初學校所賦予的任務。回顧教學生涯，這個陌生社會裡的
新學校、新老師，的確給了我前所未有的挑戰。在異鄉的場
景中，我沒有前例可參考，也沒有適合的理論可套用。處在
一個時時都可能有突發狀況的職場，我養成了事事超前規劃
的習慣，儘早把例行工作安排好，以保留足夠的時間去迎接
每一個突如其來的挑戰。對實務工作者而言，職場就是實驗
室，不同的是，這個實驗室完全不受控於研究者，遇到瓶頸
則需當機立斷而沒有犯錯的空間。不能重來是實務工作的壓
力，但也是其魅力之所在。

　　這所遷徙的學校 Inter-University Program（以下簡稱
IUP），是由美國 Columbia University、Cornell University、
Harvard University、Princeton University 等十所大學聯合創
辦的密集華語中心，曾被譽為「臺灣最好的語言學校」（施
光亨，1994）。IUP 於一九六三年設立於臺大校園內，當時
全球正值民主、共產兩大陣營對峙時期，自由世界中想進修

29

華語的外籍人士多來臺灣留學，三十多年間已有近兩千名大學生和一百餘位教授從 IUP 畢業，他們分別來自二十多個國家的一百多所大學（宋如瑜，1999）。

　　IUP 在臺大建校的歷史頗具戲劇性，當時的校長錢思亮先生以新臺幣一元象徵性的租金，將校舍無限期租予 IUP 使用。此後三十多年，IUP 除了使用校舍外，與臺大並無行政、教學上的隸屬關係。隨著校園日漸走向民主，一九九三年臺大內部傳出了要求收回 IUP 校舍的聲音，且聲浪逐漸升高。一九九四年臺大與 IUP 董事會正式簽訂新約，臺大同意 IUP 以合理的租金承租校舍三年，即便如此，雙方關係仍不穩定。一九九六年 IUP 的董事會年會中做成三項結論：

1. IUP 董事會改組，成員由十所大學增加到十五所大學。

2. 臺大校園內的 IUP 於一九九七年移交臺灣大學文學院管理。[4]

3. IUP 董事會在北京清華大學校園內成立一所新的華語教學中心，中心主任由董事會指派，一九九七年秋天開始招生。

　　會議之後，董事會指派當時臺北 IUP 負責人淩志韞教授籌劃北京 IUP 的建校工作，其項目包括改建校舍、招聘教師、改編教材等等。一九九七年二月，教師招聘小組一行三人赴北京清華大學甄選第一批當地教師，甄選結束，前期籌

---

[4] 　一九九七年之後，更名為「臺灣大學文學院語文中心國際華語研習所」（International Chinese Language Program, National Taiwan University, ICLP）。

備工作告一段落。

　　一九九七年八月中旬，十二位新聘教師在北京清華 IUP 進行了為期三週每天八小時的職前密集訓練。九月十五日 IUP 第一批新生到校，中心正式運作，新教師的培訓由此進入在職訓練階段。一九九八年六月五日，全年教師培訓、教學工作圓滿結束。

二、籌組教師團隊的基本思考

　　教師是教學的核心，無論在哪種教學情境之中，教學的成敗與教師本身的素質、工作態度息息相關。臺灣 IUP 三十多年來，成功地營造了追求完美、以客為尊的職場文化，新任教師只要一踏入這個環境，不出三個月，便能自然融入其中。因此具深厚職場文化的 IUP，遷徙北京後首需面對兩個問題：一是如何甄選到適用的教師，二是如何將臺灣教師的敬業態度與教學傳統移植到北京去。

　　以華語教師所需的基本功而言，在北京招聘教師較許多地方容易，原因是：一、人多。聘僱單位可以從眾多應聘者中選出人格特質最適合學校文化的教師。二、素質高。北京是中國著名學府林立的地方，應徵者多為知識水準高、學習力強、有發展潛力的青年，且半數以上是文史碩士。三、語文能力強。應徵者不僅普通話標準、能閱讀正字體，也受過紮實的現代漢語訓練。做為招聘、培訓者，面對一塊塊讓人驚豔的璞玉，需要再思的是 IUP，的教師應具備什麼樣的人格特質？IUP 教學所需的專業知識又是什麼？再依此擬出較客觀的選才方式。

在思考 IUP 教師的人格特質前，先回顧 IUP 的學習者具有何種特性？他們多數為美國著名大學的研究生，在學習上積極進取、獨立自主，思考問題時客觀多元。面對這樣的學生，教師除了要有較好的語文、教學能力外，健康成熟的人格也不可缺。我們歸納出以下幾點：

第一，教師要有同理心（ empathy ），能設身處地考慮學生的需要。然而一九九七年的實際情況是，大陸年輕人具國外生活經驗的不多，一個第二語言教師若沒有類似的經驗，可能不容易想像遠渡重洋者所需面對的生活困境與文化衝突。是故我們把是否有同理心列為第一個要考慮的因素。

第二，希望教師有反省的勇氣，能誠實地面對不足之處並改正。在多元文化互動的課堂裡，許多我們自小到大視為當然的想法，都會被搬出來重新檢視，例如：子女該孝順父母還是尊敬父母、西藏該不該獨立、墮胎應不應合法一類的問題。某些習以為常的教學法（例如：一個生詞回家寫一行），也可能因為教學對象的改變，而遭到全盤否決。此時教師能做的是虛心誠實地反省既有的觀念與教學的盲點，然後重新出發。

第三，教師願意自我提升，敏於學習、樂於求知。IUP 教師所面對的學習者，其華語能力雖然不如母語者，但是一般的知識卻很豐富。師生每日的教學互動，既是語言練習，也是腦力和知識的競賽，教師為了活化課堂，也為了能提出新鮮、有趣、具爭議性的話題，必須要不斷地自我提升。

第四，在工作上兢兢業業，追求完美。由於學習者是成人，在小班教學的情境中，教師每日監督學生的作業，同樣

的，學生也在暗中觀察著老師教學的細節，寫錯字、說錯句子、算錯分數都是令人難堪的小瑕疵，因此追求完美就成了師生對彼此的要求。

第五，能接受多元的文化，包容相異的觀點。每個人身上都背負著母文化的框架，而此框架影響了個體看待人、事、物的觀點。在課堂上，教師唯有不斷地擴大自己的胸襟，包容相異的宗教觀、價值觀、世界觀才能讓師生的關係更融洽。

之所以提出這些在教學專業之外的條件，是因為「教師本身就是教學」，其言行舉止皆在傳遞「潛在課程」（hidden curriculum）。人格特質不屬專業，但能對教學產生決定性的影響。上述的條件跟個人生長背景、自我修養有關，若新教師原本不具備這些素質，教學單位很難經由短期培訓而使之改變。為此在面試中，刻意設計了教學難題，目的是要看應徵者如何分析事件，如何做危機處理；同時也在模擬教學中，讓「假學生」依腳本演出課堂失控的戲碼，觀察應徵者如何以行動來解決實際問題，我們也親眼看到一位在筆試中表現優異的應徵者，在試教時被激怒而訓斥了「假學生」，結果主試者只得忍痛放棄這位老師。

三、新進教師的甄選

臺灣 IUP 甄選教師的過程向來嚴謹，在北京除了沿用傳統的方式外，為配合當地的行政流程，還加入了面談一項。這雖然只是細節上的調整，但從細節上我們也瞭解到 IUP 由臺灣大學遷到北京清華大學，不僅是平面的、地區的移轉，還是社會文化的移轉。IUP 一九九七年遷往北京前，在校務

管理上有絕對的人事聘用權及行政自主權，臺灣大學從不過問其教學運作；一九九七年遷到北京後，北京清華大學將IUP視為「中美教育界的合資企業」。學校由 IUP 董事會遴選的美方主任與清華大學指派的中方主任共同主持，在組織架構上，是為「雙首長制」的管理型態，但由於雙方思考方式不同、彼此信任基礎薄弱等因素，在設校初期為了達成各方面的共識，所謂的「中方」與「美方」經歷了一段不算短的磨合過程。至於「共管」的概念如何落實在例行工作上？以甄選教師而言，在每個甄選階段中，雙方都以相等數目、位階的人員共同參與，新教師應聘時亦須同時簽訂兩份合約，以下就是六個階段甄選的項目、內容、參與人員（宋如瑜，1999）：

甄選項目	甄選內容	參與評鑑人員	選取比率（約）
初選	1. 審查學經歷 2. 應徵者書面自述 3. 應徵者錄製錄音帶	中、美方主任 顧問 教務主任 中方資深教師	選取 30～60%
面試	1. 說標準的普通話 2. 拼音、正體字閱讀能力 3. 英語聽說能力 4. 溝通應對能力 5. 教師風度	中、美方主任 顧問 教務主任 中方資深教師 （成員中至少一人是英語母語者）	選取 20%

筆試	1. 熟悉漢語拼音規則 2. 具基本語法知識 3. 文筆流暢 4. 具英語、文言文閱讀能力	中、美方主任 顧問 教務主任 中方資深教師	
模擬教學	1. 新教學法的吸收能力 2. 臨場反應 3. 教師儀表與教學態度	中、美方主任 顧問 教務主任 資深教師	選取 6～10%
面談	政治背景	中方人員	視情況而定
一年試用	1. 工作態度 2. 對教學環境的適應力 3. 教師心理特質	中、美方主任 顧問 教務主任	視情況而定

　　甄選的過程公平透明，包括初選、面試、筆試、模擬教學、面談、試用六次評選程序。每一程序，由四到六位考官負責，單項測試完畢後立即結算分數，並由負責的成員開會確定入選者。從甄試的內容來看，IUP 教師的專業要求包括：能說標準清晰的普通話、文筆流暢、能閱讀文言文、能讀寫正簡字體、具基本英語聽說能力、能拼讀漢語拼音、儀態舉止合宜、具較佳的臨場應變能力等等。

　　過程中較特殊的是第五項「面談」，乍看之下，「面談」和第二項的面試似乎是相同的。其實臺灣 IUP 甄選教師時並

沒有這一項，設置此項目是基於國家利益甚至國家安全的考量，依大陸的慣例，凡是對外工作的人員均需與黨委書記層級的人做一對一面談。此過程中，中方婉拒美方人員參加，基於相互尊重，美方也同意不介入面談程序，然而此環節對聘任與否有絕對的否決權，且中方也無需提出明確的理由。

雖然聘用過程繁複，但是觀察日後教師的工作表現，證實了這樣的甄試，確實能篩選出適任的 IUP 華語教師。

四、培訓新進教師的過程

在此之前，我很難想像一個幾乎全是新手的語言中心，其教學工作要如何推動？特別是當培訓與教務兩種責任集於一身時，培訓的疏漏必定會變成教務的負擔，為了避免可能產生的惡性循環，在評估 IUP 的教學實況和新教師的特性後，訂出了以下的培訓階段與項目。

（一）培訓項目的設計

1. 以儘速提升教學品質為目的

培訓的目的是使新教師能在最短的時間內掌握教學實況、提升教學品質，因此，培訓教材以易懂、易學、易用為準；從「溝通觀念」切入、以淺顯的說明代替艱深的教學理論，一個學術的場域不能無視理論，但也不能「役於理論」，因此培訓方式是以溝通討論、經驗回顧、個案分析代替傳統的聽講、記憶。

2. 以「即知即行」做為編寫培訓材料的標準

為使新教師能將知識有效地化為行動，培訓教材的內容包括：觀念溝通、標準作業程序、不當的操作舉例、實作練習等。如此設計是為了讓初學者在理解真實情況、明白正誤的操作方式後，能依標準程序進行實作，實作之後再根據同事的回饋、影音紀錄修正操作的技巧，使正式教學時的錯誤率能降到最低。

3. 以多次反覆的方式根植新觀念

IUP的語文教學理念跟一般大陸語言教師的認知頗有差距。它著重的是語言的使用，而非知識的灌輸，學生知道了多少詞彙、語法點不重要，重要的是學生能應用多少。為了改變教師原已固著的想法，IUP的教學理念需要在數個培訓項目中，以不同的形式反覆呈現，經過多次建構、討論、操作、修正後，才能在新教師心中自然深植。

4. 以實際教學需要建構培訓項目

一個 IUP 教師需要學會多少華語教學的相關工作？精熟的程度又該如何呢？我們試著把新教師所需的先備知識，歸納成幾個大項，分次培訓，並以條列方式呈現細目，由於每個要點均源自教學實況，即使條目繁瑣卻無需死記，情境會自然引導教師喚醒已儲存的先備知識。

5. 以錯誤為師，從失敗中學習

由於這個中心是新手組成的，預估在第一年裡，教學及其周邊工作的錯誤率都將偏高。因此在編寫講義或與新教師溝通時，特別注重錯誤個案的分析。誤例中匯集了資深教師的慘痛經驗，新教師若能了然於心，則可減少新手的恐懼，縮短摸索時間。

（二）分階段培訓

我將一年的新教師培訓劃分為「職前訓練」、「在職訓練前期」、「在職訓練後期」三個階段，並訂出清楚的任務目標與進行方式。

「職前訓練」訂在開學前，讓新教師參加三週全天的密集培訓，訓練主旨是協助新教師瞭解 IUP 的教學理念、教學方法、教學原則，並提供新教師實地操練、修正的機會。前三天，由中、美雙方主任、資深教師為新教師介紹教學方針、教學基本技巧，一同觀看教學錄影帶，並針對其內容做討論。之後是以 IUP 常用的課本為腳本，讓新老師輪流一課一課地試教，每人每天有兩到三次的試教機會，教完馬上討論，這個作法除了讓新教師增加臨場經驗外，經由彼此觀摩、修正後，大家的教學失誤也會逐漸減少。

「在職訓練」是學生入學後，新教師在職場內邊做邊學的過程，開學第二周起，教務主任至各班視導，視導後與新任教師針對學生特性、課堂氣氛、教學方式進行個別討論，以提升教師的臨場教學能力。為持續提升教師教學技巧，每

週固定舉行教學會議，討論各老師碰到的教學困難，同時教務主任也會提出視導時發現的普遍問題，與教師一同商量可行的對策。兩個學期之間，學生有一週的假期，教師則需再次接受整天的密集訓練。

1. 職前訓練——基礎華語教師的養成

基礎華語教師的訓練目標，是要讓新手在清楚課程後，能坦然地進入課堂，並能使用有效的教學法完成教學工作。

（1）教學實務

此部分主要介紹 IUP 三個學期不同的教學目標、基本的語言教學模式、師生課堂守則、師生互動原則並協助教師準備新課。

一般華語課程的規畫，可分為長期班、短期班。IUP 學生的上課型態是每週十五到二十小時，持續九個月，屬於長期密集課程。從班級人數看，採的是一對三的小班教學與一對一的個別教學並行制，其特色是：學習目標清楚、師生互動密集、注重個別需要、學習效率高。

教學實務的培訓首先是以「全年教學重點」說明整年三個學期依序遞進的教學目標，使新教師對教學過程有一整體印象，其間或有幾個專門術語，培訓者簡單解釋即可，其細節會在之後的講義中一一論及。

其次介紹「基本教學模式」，基本教學模式是以教學實況來呈現，課前提供新教師教材預習，培訓時由資深教師示範整節課的教學程序，隨後並針對內容、操作方式做講解。

第三是討論「教學守則」、「師生互動」等課堂管理的原則，過程中需讓新教師有發問的機會與質疑的空間。最後，帶領討論的資深教師會設計一些情況，考驗新教師面對問題的處理技巧。例如：

「學生上課吃早餐，你怎麼處理？」

「學生興致盎然地談棒球比賽，你用什麼方法把話題拉回來？」

「學生批評教材沒意思，教學法沒有創造力，你怎麼辦？」

（2）教師儀表

這部分是討論教師合宜的裝扮與基本工作儀節。不同的地區、社會對穿著自有不同的審美標準，原本不應將某個地方的標準強加於其他地區之上，但是為避免學生以老師的穿著為話題，不得不對新教師提出穿著的建議。就中、美兩地人民的裝扮來看，由於經濟條件、社會背景不同，在大陸習以為常的服飾，也可能會引起美國學生的疑惑、誤解甚至做出過度的詮釋。例如：穿裙子露出絲襪邊緣、穿短裙配網狀黑絲襪、長裙開高叉[5]、趕流行刻意露出內衣蕾絲花邊等等。教學單位訂出教師穿著規定，是保護老師，而非限制個人的自由。

其次是工作的基本儀節，以其他社會的標準來看，大陸部分地區較欠缺的是尊重隱私、節約資源、維持公共清潔的

---

[5] 北京人多騎自行車上班，裙子太窄不方便騎車，因此裙叉開得較高。

意識。為避免教師在學生面前犯下無心之過,即使是當地人不在意的生活小節,也需一再重述。隨地吐痰、探聽他人薪資雖是小事,但卻常被境外人士視為「文明」與「落後」的分野,若是輕忽也可能影響校譽。

(3)歐美學生語言學習特徵

新任教師若與外籍人士交流的經驗不多,實難憑空想像非母語者在學華語時會有哪些學習問題、心理障礙,這個課程的目的即是協助新教師瞭解未來的教學對象。

在討論外籍生漢語的學習特徵時,除了以講義說明 IUP 學生常見的發音、聲調、詞彙、語法、聽力、讀寫各方面的障礙,並討論可能的解決策略外,還需輔以外籍生的錄音帶、錄影帶做說明,當然,最理想的是請資深教師與外籍生到場,做改正語言錯誤的示範教學。另外,也需從學習者的角度去思索海外長期、密集的語言學習過程中,可能受到的文化衝擊與學習高原現象。

(4)語言基本練習法

IUP 的基本練習方法,是以第二次世界大戰中廣泛採用的聽說教學法(Audio-Lingual Approach)為主。二次大戰期間,美軍為要在短時間內,訓練出一批熟悉東南亞以及太平洋小島部落方言的語言人才,求助於語言學專家,經由專家的協助與策畫,ASTP(Army Specialized Training Program)課程於焉誕生,並得到豐碩的成果,它成功地使學習者在經過短期訓練後,達成與當地人交談、溝通的目標。

此種語言課程的特點如下：第一，模擬現實生活中的對話、事件、情境編製成教材。第二，內容包括大量的句型練習（pattern drills），利用句型帶入會話中的生詞、語法反覆練習，直到能將新材料變成語言習慣為止。第三，應用、重組會話教材，讓學習者盡量利用剛學的句法結構進行會話。第四，小班授課，以十人為限，提供學習者足夠的練習機會。第五，教師由該語言的專家或母語人士擔任。

其教學理論源自行為主義心理學，課程要點採編序教學（programmed Teaching）方式編輯。編序教學法亦稱為引導教學法，其特徵為：第一，設定學習者所需達成的學習目標。第二，內容按照所設計的步驟依序呈現。第三，小團體教學。第四，學習者回答問題，採全班同聲同時與個別回答兩種方式交替進行。第五，依教師的暗示、指示進行練習。第六，練習講究效率，節奏快速。第七，過程中教師依學生語言的表現提供正向回饋、修正等訊息。

培訓時，資深教師以示範方式引導新教師認識常用的語言練習法，並於過程中自然地將句型、生詞教學以梯型練習（金字塔練習）、代換、問答等方式呈現出來。培訓中還加入探測學習者起點、拆解梯型練習句、協助學生鞏固記憶、設計遷移等實作項目，每位新教師皆有數次演練的機會。新教師經由觀摩、試作、批評、修正、再試作的練習步驟後，多能達到純熟使用各種語言練習法的目標。

（5）有效教學者的特徵

何謂有效（effective）？在教學上，指的是學生對教師所授內容是否能運用精熟。為提升新教師的教學品質，我們以 Barak Rosenshine 和 Norma Furst（1973）的研究為基礎，經過反覆討論後，訂出有效教學的 IUP 教師特徵，內容包括教材與教法、教學態度、有效的教學模式、回饋的方式、教學形態、討論的方式、如何有效運用教學時間等七大項標準，作為教師自我提醒、改進教學的方向。

（6）批改作業須知

IUP 課堂教學以聽、說練習為主，為了彌補書寫訓練的不足，教師多會將書寫作業當做課後練習，待學生完成後再交給教師批改，學生經由批改、評語、面對面討論等方式，逐步提升中文書寫的能力。出作業、改作業是師生另一種形式的溝通，教師批改作業認真與否，直接影響學生下次書寫作業時的態度。如何改作業？改作業時要注意些什麼？都是培訓新教師重要的環節。在大部分的語言中心裡，各教師多用自己習慣的符號批改，華語的初學者，在判讀各教師不同的符號時，常需花一些時間去適應，為了避免雙方的困擾，培訓中我們不僅在出作業、改作業的方式上達成共識，也統一了各教師使用的批改符號。

（7）發問的策略

蘇格拉底所說：「教學的藝術在如何恰當地發問和巧妙地引導學生回答。」在 IUP 的教學中，除了初期的領說、代

換等機械式練習外，師生間的語言活動都是以問答方式來進行。善於發問的教師，能以有趣的問題吸引學生注意，並維持其說話動機，同時也能從學生的回答中，偵測出需改正的語言錯誤，進而加強練習。此外，學生也可經由潛在學習，由教師的發問技巧中，學到與母語者溝通的方法、態度、用詞。教師發問的能力，直接影響了學習效率、師生互動、課堂氣氛與學生的課外學習。「發問的策略」的培訓內容包括了發問的目的、不當的發問形式、語言教學的發問層次，也提供了一份作業讓新老師自擬問題。

（8）詞彙辨析：

詞彙與語法是語言教學的骨幹，在華語教學中，初級學習者的問題多發生在語法上，中高級的學習者則容易產生教材中詞彙遽增，而無法完全掌握的學習瓶頸。多年來 IUP 不收零起點的初學者，因此協助中高級學習者區辨、使用相似、相近的詞語，就成了教師的例行工作了。

教師解釋詞彙的切入點，約有以下幾類：第一，某些近義詞背後包含了文化上的特殊意義，教師需從文字根源上做解釋，如：享年與得年，遺孀與寡婦。第二，近義詞的使用情境不同，教師需設計情境說明，如：家屬與親戚，少之又少與鳳毛麟角。第三，應用於抽象或具體的不同事物，教師要舉實例說明，如：價值與價格。第四，適用於不同的群體、性別，教師需畫出使用的範圍。如：愛護與愛戴，嫁與娶。第五，字義看似相近，但詞性不同，教師需以例句來說明。如：教訓、教練與訓練，忽然與突然。外籍生學華語所產生

的近義詞疑問不同於母語的兒童，教師若找不到準確的切入點，很難當場為學生解惑。

培訓時，我從 IUP 使用的基本教材中，找出易引起混淆的近義詞，讓新教師腦力激盪、實際演練，以找出回答近義詞的切入點。

（9）開學第一天

從訪談中得知，新教師最徬徨、忐忑的是開學的第一天，不少新教師甚至會在開學前夕失眠，以致影響隔日的教學表現。

新教師常問第一天的五十分鐘該如何度過？因為學生沒預習，甚至沒有課本，教師無法上正課，此時培訓的教學法完全派不上用場。新教師在課上該說什麼？做什麼？為了協助教師建立自信，讓「無經驗的老師」能和「有經驗的學生」取得平衡地位，在開學前一天，我安排了「開學第一天備忘錄」培訓課程。內容有：第一天教師應告知學生的教學計畫與課程規定，一些能增進師生彼此瞭解的討論題，以及相關的教學禁忌。

至此，職前訓練告一段落，新教師將進入真實的工作情境，實踐職前訓練所獲得的知識與技能。

2.在職訓練前期——成為進階華語教師

對於進階華語教師的要求，除了按照 IUP 的基本教學法，進行中高級的會話教學外，該教師亦要能處理教學相關事務和特殊科目的教學。進階教師的培訓項目如下：

（1）安排評量

教學離不開評量，IUP 實施的多元評量，可有效掌握學習者各項語文技能的進展。整年中共有十八次全校統一考試，試務工作由教師共同分擔。負責該次評量的教師，事前須清楚地劃分工作項目，並訂出工作要求及標準。為提升教師專業能力，也為使勞逸平均，一年中教師需輪流擔任各類試務工作，並利用協同合作機制來控管試題品質。培訓新教師熟悉評量工作[6]，其過程分為四部分：

a. 根據教學目標，訂定全年考試內容，並依行事曆列出各項考試的預定時間。

b. 掌握筆試工作的流程，包括使用公用電腦出題須知、如何分配出題工作、建立協同試作考題的機制、閱卷的原則等。

c. 演講口試的操作方式，包括輔導學生準備演講口試的步驟、訂定評分標準與實施方式、口試結束後教師的回饋方式。

d. 如何進行錄音口試，包括口試前教師應做的準備、口試出題原則，以及教師口試時應有的態度、發問的技巧等。

（2）編寫考題

協助無出題經驗的教師，經由「做中學」的訓練，學會編寫考題的技巧。需與新教師溝通的內容包括：一般性的問

---

[6] IUP 全年考試計畫，請見附錄一。

題，如：考試的目的、編寫考題的步驟、編考題的禁忌和配分、版面、字體等；單項試題的編寫步驟及注意事項，如：翻譯、選擇、填充、閱讀測驗、段落問答、作文等；以及為試題品質把關的協同機制，與需檢查的考題項目等，同時，我們還蒐集了語文考試常見的各類題型，編成「參考題型彙編」，提供新教師做為出題的參考。

（3）熟悉各專科教學法

IUP 職前訓練偏重於中高級華文課程的操作技巧，是因為第一學期的課型多為四項語言技能並重的綜合課。進入第二學期後，教師需針對單項語言技能進行專科教學，如：高級閱讀、各級報刊、聽力訓練等。

a. 聽力教學介紹

IUP 的聽力課採聽說、聽讀、聽寫結合方式進行。而不做單一的聽力訓練。進行聽力課程培訓前，先回顧 Stephen D. Krashen 所提出的 i＋1[7]可理解輸入（Comprehensible Input）假說。「i」為學習者現有的語文程度，「i＋1」是在學習者現有的語文水平上，提升一步的輸入。「i＋1」對聽力教學有以下的啟示：

　　a）　輸入先於輸出。學生先聽懂、理解了，才能要求其模仿。

---

[7] i＋1 觀念來自 Stephen D. Krashen and Tracy D. Terrell. The Natural Approach. 一書。

b)　聽力課程應循序漸進，教師的責任是為學生找到學習的關鍵點，即「i＋1」的「1」，如何探知「1」的幅度，需靠教師的細心觀察與經驗。

c)　教師是教材與學生間的橋樑，碰到學習的難點，教師應配合學生程度，將既有的材料，轉化為學生可理解的輸入，反覆刺激、練習，形成有意義的經驗，逐步提升其聽力。

b. 閱讀教學介紹

閱讀課的目標有三：增加詞彙量、提高閱讀速度、提升理解率。以詞彙教學為例，IUP 已逐漸拋棄死記硬背的傳統教學法，而改以類比、對比、聯想、連結等學習策略來建立詞彙網絡。並善用詞頻研究成果，將高頻詞置入不同的語境，由教師引導學習者進入語境做應對練習，並在過程中創造重複使用的機會，使學習者在多次回憶、提取訊息後達到鞏固所學的目標。

在提高閱讀速度、提升理解率兩方面，教師應思考，閱讀理解乃是一複雜的認知過程。閱讀時，其運作程序如下：讀者由視覺收到訊號（文字、圖表）刺激，從而啟動腦中的相關基模（schema）[8]，基模通過比較、聯想、推理、預測、判斷等作用進行認知行為的加工，並和文本產生交互作用，最後讀者建構出新的篇章意義並獲致新的基模（習得）。基

---

[8]　基模：指讀者對已經熟悉的場景、事件、行為、心理活動、語言知識等的典型經驗和認知其為存於人長期記憶中可相互作用的知識結構，亦稱為「圖式」。

模間加工的過程越快，閱讀的速度也就越快，若讀者對與所讀的內容有較多的先備知識，亦即相關的基模質量均佳，理解率也就相對提高。在提升學生閱讀能力上，教師須瞭解的相關基模內容有三：

a.） 以漢語社會、民族為背景的百科知識。包括文化現象、生活儀節、風俗習慣等，此類基模有助於瞭解閱讀材料的語境。

b.） 漢語的語言知識。包括漢語的構詞、句法、語義等。

c.） 漢語篇章生成的構造。包括篇章內部的連貫方式及篇章與外部社會語境相互作用而「約定俗成」的規約。

故而，進行閱讀教學時，應對教與學情境做整體考量，不宜囿於傳統的構詞、句法訓練。

c. 報刊教學介紹

報刊教學有既定的原則。首先，報刊教學不僅是要提高閱讀能力，也須兼顧聽力理解、溝通討論技能的培養。

其次，準備教材，宜採固定課本與補充教材互相配合的原則。由於報刊材料有其時效性，已編入教材者多為數年前的「舊聞」，不易滿足學生瞭解現實的渴望，教師若能適時補入「新聞」，則可提振學習動機。固定教本雖是舊文但仍不宜捨棄，因為課本在編輯時已考慮了選材廣度、詞彙使用頻率、循序漸進等細節，故而，使用教材要設法使「新聞」、「舊聞」相輔相成。

第三，報刊教學要注意語言知識與文化知識的關連性。

教學中,學生對與中國相關的知識越豐富,對文章的理解力就越高,而在閱讀時,一個詞、一個觀念就可能影響整篇的理解速度,例如:「今後國家經委會主要工作為協調、仲裁重大議題,多當『紅娘』,少做『婆婆』。」其中,「紅娘」與「婆婆」的文化意義,是影響理解的關鍵,為協助學生掌握句意,教師必得做背景知識的解釋。至於如何才能簡單、扼要地說清楚,則是備課時應仔細考慮的。

第四,精讀與泛讀並重。報刊的功能是迅速、即時地傳遞大量的訊息,因此學習報刊閱讀的一個目的,是要能在大量的訊息中,快速地檢索出所需的資料,因此,學生除了以精讀策略瞭解報刊各種文體、詞語、行文習慣外,也須培養泛讀的能力,即精讀與泛讀兼顧的教學。對初任本課程教師的建議是,先讓學生精讀教材,再提供與教材相關的文章做泛讀練習。在初期,精讀與泛讀的課時比例為二比一,一學期後遞變成一比一;而精讀與泛讀閱讀的字數比例初期為一比一,一學期後遞變成一比二。有計畫地擴大泛讀比重,可以為脫離課本後的真實報刊閱讀,打下穩固的基礎。

(4)製作與使用補充教材

「補充教材」是指教師在正式教材之外所提供給學生的學習輔助材料。由於正式教材常有資料過舊(如:報刊課)、不符合學生興趣、未能配合學生程度等問題,教師常需藉由補充教材來完成教學目標。這項培訓中,告知教師適用補充教材的時機、製作補充教材應考慮的因素和常犯的錯誤、評鑑補充教材的方法等,並舉出實例供教師討論。

（5）解決教學難題

新教師的養成，無法全靠培訓，培訓做得再周全，課堂上仍會發生令教師意想不到的狀況。「解決教學難題的討論」，是教師在會議中，提出難解的教學個案，經由釐清問題、腦力激盪、閱讀資料、經驗分享、擬定對策等程序，試圖找到解決之道。當此互助機制形成後，即使未來沒有培訓者、資深教師在旁協助，新教師亦可經由同僚互助，找到合適的方案。同仁在此所獲得的啟示是：教師需誠實面對教學中的任何小問題，並藉由眾人的智慧和知識釐清原因，再從經驗檢索、文獻考察中研究出適合的解決策略。

3. 在職訓練後期——專業華語教師養成

專業華語教師除了能勝任教學工作外，也應有編寫與評估專業教材的能力、能釐訂新教材的教學策略、能培訓及視導新教師，亦即在組織中肩負承先啟後、改革創新的責任，因此所設計的培訓內容如下：

（1）語言教學活動設計

先請教師閱讀兩則以 ASSURE 模式設計的教學實例，再請教師根據相關因素，設計出符合自己需要的主要、輔助教學活動，並應用於課堂上。活動編寫的項目應包括：學習者分析（Analyze Learners）、活動目標（State Objectives）、媒體與教材的選擇（Select Media and Materials）、與運用（Utilize Media and Materials）、進行方式與教學互動程序

（Require Learner Participation）、評鑑與修正（Evaluate and Revise）。這些項目使教師再次思索：「我教誰？」、「為什麼教？」、「用什麼教？」、「怎麼教？」、「教得如何？」等教學議題。進行華語教學時，若能在固定的語言練習之外，兼用適當的教學活動，不僅能提高學習的興趣，學習者亦可藉此提升以華語解決日常瑣事的能力。

（2）編寫教學程序

華語教材不僅種類繁多且更新快速，以 IUP 的密集教學型態為例，一學年需使用五十種以上的教材，教師每隔兩、三個月便需更換教材，為使第一次使用該教材的教師能迅速掌握教學要領，教學程序就成了必備的參考資料。專業的華語教師，除了需具備精準的判斷力選出合用的教材外，也要能針對教材的特點編寫出有利教學的程序。這個培訓項目的要點是：

a. 教師編寫的教學程序應以實用、易懂為原則，內容應包括教學目標、教學程序、練習方法、教學難點等，此外是否附加其他項目，則由編寫的教師依教材特色增減。

b. 編寫程序的教師，對該教材應具實際的操作經驗，瞭解該教材在使用時的難點與瓶頸。

c. 為避免個人的盲點，編寫程序時，應安排有該教材教學經驗的其他教師作為協同者，使教學程序在經驗互動、知識交流中完成。

d. 教學程序初稿完成後，應通過公開說明（教師陳

述）、開會討論（同僚互動）、修正、試用、再修正、定稿等程序。

（3）輔導新任教師

華語教師流動性大，培訓新教師是資深教師的例行工作。在新教師到校前，校方應該思考「誰能做輔導？」、「為什麼輔導？」、「如何輔導？」、「輔導些什麼？」等問題，然後仔細評估輔導者的人選，包括其觀察力、人格特質與解決問題的能力，之後指定一位或數位教師擔任此工作。輔導教師需瞭解新教師教學時可能遭遇的困難，並據此訂定輔導目標、項目。

完成了以上三階段的培訓，該教師則成為 IUP 的專業華語教師，亦能獨立完成教學及其周邊工作。

（三）經驗傳輸的基本模式

臺灣 IUP 多年來以師徒制培訓新進教師，輔導過程為三個月，成效極顯著。其具體的作法是由輔導教師帶領新進教師教同一批學生，輔導教師由每天的授課內容、學生的學習情況，提醒新老師該使用的教學策略，並帶領新教師實作與教學相關的工作。然而，一九九七年初遷北京的 IUP，是一個幾乎全是新手的教學團隊，學校中僅有一位負責培訓工作的資深教師，精兵作業的師徒制在此行不通了。那麼，該如何將三十年的教學傳統、教學理念、教學法、作業標準、工作態度鉅細靡遺地傳輸給十多位新教師呢？這是重建教師團隊的最大難題。

　　而此情況就像臺商、美商、港商、歐商在大陸設置分支機構一樣，當硬體完成後，就需考慮如何將母機構行之有年的工作文化全盤移植到大陸，然其移植的結果卻常令經營者大失所望。橘逾淮為枳是常態，若想橘逾淮仍為橘，就得加倍投注心力了。回顧這一年的培訓能順利完成而不致望枳興嘆，應歸功於所採用的「經驗傳輸模式」，我稱之「灌能」，其步驟也是在 IUP 培訓的情境中逐步發展而來的：

a. 確定目標：將教學例行工作依時間先後、輕重緩急劃分清楚，一次只針對一個課題進行培訓。

b. 項目分析：培訓者分析教師在執行該項工作的目標、觀念、步驟，並從經驗中檢索出執行時可能發生的錯誤，一一將之記錄。

c. 先備知識：將記錄統整後做成講義，以列舉綱要方式，寫下該項工作的理念、有效工作流程、應避免的錯誤等，提供給新教師閱讀。

d. 建構新知：培訓者與新教師討論新知內容並溝通歧見，亦視需要進行現場示範教學。

e. 從做中學：新教師試作、實作該項工作，培訓者與其他教師觀察並做紙筆、影音記錄。

f. 經驗互補：會議中教師交流實作心得，觀察的同仁可提出修正的建議，培訓者適時回饋。

g. 反覆訓練：隔數日，新教師再次試作該項工作，培訓者則在旁記錄。

h. 個別差異：培訓者與新教師針對個別優缺點進行一對一討論、演練。

i. 評鑑修正：將新教師執行該項工作的難點、解決方
案編入培訓講義中定稿，以利下年度新教師使用。
此一灌能的過程包括輸入知識、溝通觀念、教學示範、
模擬試作、交流經驗、解決難點、改正個別錯誤等等。這些
程序是要使新教師在實際操作時的錯誤率降至最低。

五、監控教學的視導與評鑑

計畫周密的培訓，僅是為順利教學打下基礎，若想維持
良好的教學品質，監控教學的視導機制（聽課）與評鑑制度
仍是不可缺的。北京 IUP 第一年的視導方式是將整年的四個
學期課程[9]劃分為四個視導階段，配合教師各階段專業發展
的需要，設計了不同的視導方式。

第一個學期的重點是幫新教師建立良好的教學態度與
工作習慣，傾向「行政督導」。第二個學期的重點是協助教
師解決各自的課堂問題，傾向「臨床視導」。第三學期的重
點是協助教師偵測自己課堂真相，防患未然，傾向「自我視
導」。第四學期的重點是協助教師彼此偵測課堂問題，以發
展出共同解決問題的能力，傾向「同僚視導」。由於每位教
師的個性、特長不同，在同一教學階段中也可能採取不同的
視導方式，一個視導者先應對各種視導模式了然於心，然後
再依情況做彈性調整。一九九七至九八年間與視導相關之研
究將於下一章〈教育視導理論在華語教學上的實踐〉詳述，
於此不再贅言。

---

[9] 正規班三個學期，加上暑期班一個學期。

　　IUP 採多元方式評鑑教師，一學年內學生要為教師做五次的教學評鑑，第一學期開學兩週後有期中評鑑，每學期結束前兩週有期末評鑑。以不記名方式填寫，學生針對教師的教學、備課、師生互動各項給分，並輔以文字敘述補足數字無法盡述的意見。評鑑表回收後，由學校算出全校、個人的平均分，並將文字敘述重新打字提供該教師參考。教師最後看到的評鑑結果，包括各項全校的平均分數、教師自己的分數以及學生寫的評語，此評鑑結果跟續聘、加薪亦有關，讓新教師備感壓力。

　　除了學生填寫的評鑑表外，學校也會以其他的方式來評鑑教師，如：學生整學期的書面作業成果、學生學習前後的口語錄音比較、學生學期前後標準測驗成績比較（取信度較高的測驗方式）、視導者或管理者的聽課記錄、教師在教學相關事務上的成果（編寫教案、製作補充教材、教學改革）、組織語文教學活動（演講比賽、辯論比賽、中文之夜）等等。評鑑的積極意義是在學校內形成競爭機制，使教師有意識地自我鞭策，不斷地提升教學品質，評鑑機制雖早已是教學的一部分，但是當新教師拿到評鑑的結果時，仍須自我調適。

　　一九九八年秋天 IUP 完成了在北京第一批在地教師的培訓，回顧過往，我目睹他們從興奮、緊張、茫然、委屈、流淚、抱怨、憤怒、超越到成長的每一步。在更新、蛻變的過程中，新老師付出了極大的努力，多少老師為了備課、為了出一份試卷而在學校挑燈夜戰，有人戲稱全北京最勤奮、最認真的人都在 IUP 了。

　　這些新老師一點一滴地學習來自異文化的工作要求、教

學方法、思考模式乃至穿著儀態，他們的痛苦裡處處是社會主義教育與資本主義勞動磨合的痕跡，然而，經過一年的調適，當我再次進入他們的課堂，我感受到的是自信、熱誠與專業，相信他們會將 IUP 三十年的優良傳統在北京延續下去，我也清楚離開臺灣的 IUP 此時業已在對岸的土地上生根了。

附錄一：IUP 全年考試計畫

階段	時間	目的	測驗類型
入學	開學前數天	1.測量學習起點 2.分班	入校能力測驗 （含聽力） 一對一錄音口試
第一學期	第二週結束	評量該階段學習成果	筆試
	第四週結束	評量該階段學習成果	筆試
	第六週結束	評量該階段學習成果	筆試
	第八週	1.評量整學期口語進步 2.重新分班的參考	一對一錄音口試
第二學期	第二週結束	評量該階段學習成果	筆試
	第四週結束	發展一對多的口語能力	演講口試
	第六週結束	評量該階段學習成果	筆試
	第八週	1.評量整學期口語進步 2.重新分班的參考	一對一錄音口試
	第八週結束	評量兩學期語文能力發展	語法閱讀能力測驗

第三學期	第三週結束	發展演說與臨場對答能力	演講與答辯
	第五周結束	評量該階段學習成果	筆試
	第七週	1.評量整學期口語進步 2.重新分班的參考	一對一錄音口試
	第八週結束	評量三學期中文聽力發展	聽力測驗
第四學期	第三週	評量該階段學習成果	筆試
	第五週	發展演說與臨場對答能力	演講與答辯
	第七週	評量整學期口語進步	一對一錄音口試
	第八週	評量全程學習成果	離校能力測驗（含聽力）

第二章　教育視導理論在華語教學上的實踐

一、視導與華語文教學

　　兩岸發展華語教學[10]已有五十年之久，教學上主要的指導理論來自語言學、心理學及教育學，然此三大學科與華語教學互動的程度卻各異。自研究成果觀之，語言學者在此領域投入的時間已超過四十年，累積了上千篇論文；心理學者也開闢出以華語為第二語言習得的研究場域；但是以教育學觀點所做的研究則不多見。學者指出：「長期以來對外漢語教學界缺乏對教育理論的系統研究，更缺乏把教育學的普遍規律運用於本學科的研究，至今很少有真正從教育學角度研究漢語教學的論著。」（劉珣，2001）教育學是個中西學者勤力耕耘的領域，從教育行政到課堂教學、從思辨教育哲學到後現代教育思潮、從各級教育制度到師資培育，其中不乏華語教學可資借用的論述。因此，本文嘗試探討教育行政學中的視導理論如何轉換、應用於華語教師培訓上，更盼望未來有更多的學者投入華語教育學的研究。

　　「視導」這個詞，對華語教學界是比較陌生的，但是視

---

[10]　中國大陸的「漢語教學」在臺灣稱為「華語教學」，為閱讀方便，除專有名詞外，本文將統一使用「華語教學」一詞。

導行為在華語教學中卻一直扮演著重要的角色。以下是三則
在華語教師間傳誦已久的故事……

實例一[11]

接受了幾天培訓，新教師懷著興奮緊張的心情，踏上
講臺正式教課。一週後，校長到教室聽課，他忍了十
分鐘，再也聽不下去了，面色凝重地把老師叫到教室
外，開始發飆……

校長：「你在做什麼，為什麼不用我們學校的方法教
書？……」

老師：「……」（老師想的是裡面學生全聽見自己挨罵
了）

挨完了罵，老師灰頭土臉回到教室，不敢抬頭看學生。

學生：「老師，你還好嗎？」（同情、安慰讓老師更加
難堪）

事隔多年，這一幕仍在老師心中留下陰影。

實例二

新來的校長去聽新老師的課，聽了幾分鐘後對教法大
為不滿……

校長：「你下來，我來教。」

教師愣了一下，然後默默走下講臺，坐入學生席。校

---

[11] 本研究為實地研究（field research），故由描寫實例開始，逐步
導入討論情境。所記述的三個實例，為訪談記錄。

長以他二十年的教學經驗，立即扭轉了教室氣氛，課後學生精神抖擻，給予校長極大肯定。可是，對老師而言這真是一場噩夢、一頓羞辱，附帶的是，學生可能不再信任教師的教學能力了。

實例三

教務主任突襲聽課，發現教師沒備課⋯⋯
主任：「為什麼沒備課？」
老師：「昨天晚上家裡有事，沒時間。」
主任：「下次再這樣，就不要幹了！」
主任說完話扭頭就走，不容老師有申辯的餘地。

以上的例子，都是華語教學職場中的真實事件。實例中的到教室聽課，就是「視導」（supervision）。其實視導的意義很廣，遍用於各級學校教育，它是教育行政上掌控教學品質的重要環節。就中文字義而言，「視導」是視察與指導的簡稱，據《教育大辭書》的解釋「視察之職在根據法定之標準，視察實施之程度。指導則於視察之外，加以詳密之診斷，予以同情之輔助，使當事者樂就指導，相底於成。視察之事以事為重，用法定之標準，以例視察之事實。指導則對事之外，尚需對人。」（唐鉞等主編，1967）從上述解釋中可看出，「視導」須兼顧人與事，而視導者在視察後應詳密診斷教學，並給予當事者同情之輔助，以達成該課程之目標。

在華語教學領域中，「視導」有狹義、廣義之分。狹義的視導是指視導者（教學管理者、資深教師）到班上「聽課」；

而廣義視導指的是視導者在一段時間內，深入教學情境，做長期而有系統的觀察，以協助教師改進教學。「有系統」即按部就班，視導者根據新教師的專業潛能、教學需要訂定合適的成長階梯，使教師能逐步形成效率高且有特色的教學風格。「長期觀察」意指視導並非偶一為之的活動，它是教學行政中不可或缺的項目。視導者不僅需持續觀察、了解整個教學動態，更要能協助教師發展專業。基於這樣的期待，擔任視導工作者多為了解課程、教學運作的資深教師，藉由其豐富的教學經驗、敏銳的判斷力，協助新教師在短時間內改善教學。

就兩岸華語教學的發展而言，臺灣較中國大陸更需要視導制度。臺灣華語教育的定位等同於社會上的補習教育。在一九九五年臺灣師範大學成立華語教學研究所之前，並無學術單位做有系統的華語師資培育。在缺乏學術支撐下，華語教育在臺灣仍持續了五十年。發展迄今，每年在全臺十八所語言中心裡的留學生有四千多人，以此為業的教師達千人。但由於島內華語師資培訓機構不足，師資的養成教育只能靠聘僱單位各自把關。聘僱單位考慮成本，多不會在職前訓練投注大量的人力、物力，而是以邊做邊學的方式培訓教師，因此，教室內的視導就成了控制教學品質、提升教學專業能力的關鍵。可惜的是，視導者雖為資深教師或教學專家，卻多未受過輔導訓練，執行的效果也不一。根據研究，約有30%的新教師在任職兩年後離職，而每年離職人數約佔總教師人數的6%。（Schlechty, P. & Vance, V. 1983）另有數據顯示，教師離職率居高不下的主因，是新教師在適應不良的教

學初期,未能得到合適的協助與輔導,心灰意冷後終於放棄教職。(施冠慨譯,1993)這些國外的研究結果恰也符合臺灣華語教師的流動實況。新教師於教學中受挫是不可避免的事,如何輔導新教師以正確的態度迎向挑戰、解決問題,視導者責無旁貸。視導者發現問題後,若能在教學情境、教師特質、工作目標三者中找到最佳的平衡點與解決策略,不僅教學情況能因此改善,對新教師的專業成長、生涯規劃也有助益。

二、視導的意義與內容

一般教育組織中,期望由視導工作達成的目的可包括:提升教師專業能力、改進教學、完成教學目標、評鑑教學等。然而在華語教學上,因各校教學目標、師資來源不同,視導的重點也各異。根據觀察在輔導新進華語教師時,視導者的焦點多集中於教學法、工作態度兩方面。

(一)針對教學法的視導

教學法的視導,就視導本身而言,應屬善意,但也可能因操作不當而帶給新教師無謂的不安與恐懼,甚而瓦解其自信。實例一與實例二中所呈現的就是視導者對新教師教學法的不滿。求好心切的視導者,總會要求新手在短暫的培訓後,就能將聽到、學到的抽象概念應用於真實課堂之上,然而新手從理性認識、感性體會進而運用自如,其過程並非三兩天就能完成,實須經過漫長的轉換與學習過程。實例一與實例二的教師,並非不願接受視導的行政機制,但是視導者

「愛之深，責之切」的執行方式，卻為教學帶來了負面的影響。因此，視導者將目光町住教學法之餘，也應全面考量其所施予的視導行為是否會傷及教師自尊、自信，或是損害了教師辛苦所樹立的形象。任務取向的視導，能幫教師「從做中學」（ learning by doing ）[12]，透過實作、視導、反省、修正等過程，逐步提升所需的專業能力。

（二）針對教學態度的視導

實例三呈現出視導者對教師工作態度的不滿，而這種工作態度也反映了某些地區、學校的實況。以中文為母語的華語教師，即便沒備課，也多能用自己的心得、感想侃侃而談，只要課程進行順暢，初、中級的學生不易察覺。因此，教師不難在課堂上，一面瞄課本、一面旁徵博引上完一節課。如此的教學方式，無怪讓人產生「教華語有什麼難？開口說話就是了。」的印象。

教學法的運用、課堂互動技巧關乎教師的潛質、工作經驗，非一蹴可幾，然而，課前準備的精粗，則能操之在己。重視教學質量、教學信譽的學校，會格外看重新教師的備課態度。被視導的教師也曾提出這樣的疑問：視導者真能在短時間內評斷出教師備課的勤惰嗎？其實，課堂中的視導者，只要有足夠的教學經驗並熟悉教材內容，就不難從以下幾點歸納出教師備課的情況：

---

[12] 教育家 J. Dewey 的教育主張，強調「主觀經驗」與「反省」在學習上的價值。

1. 教師所舉的例子是否貼切、具代表性？若是上課臨時想的句子，不是太簡單，就是內容重複。旁人也不難找到邏輯上的謬誤。

2. 練習句型、生詞時，能否提出多種情境讓學生應變？若備課不認真，課堂上，教師會屢次用「XXX，你造一個句子。」、「XXX，你說這個詞是什麼意思？」、「XXX 你把這個句子解釋一下。」等形式發問。因為這樣的問題，是不需要課前做準備的。但以此點做判斷時，要考慮各校的差異，若該校在職前並未提供新教師有系統的訓練，教師所呈現的也許只是教學技巧的不良，而非備課態度不佳。

3. 討論課文內容時，教師言談是否輕易岔離主題，且岔出的內容與課程不甚相關，甚至與其後的內容發生矛盾。這顯示教師備課時並未統整教材，事先沒有釐清討論主軸、要點。而新教師易出現的問題是，備課時只看明天的進度，而未對整課內容做全盤瞭解。

4. 怕露出備課不足的破綻，將該做的練習自行略去。視導者在場時，教師特意將該做的但是較為複雜的內容討論、句型練習漏掉。此時，視導者若對課本不熟，便不易察覺。

5. 課堂上教師眼睛緊盯課本，不太注意師生互動與學生的語言錯誤，課本上沒有筆記，也沒準備參考資料、補充教材。

新教師備課與否關乎教學成效，及其本身專業的成長速度。視導者及時、清楚地提醒，能幫助教師建立較理想的工作態度。以過往對新教師的視導觀之，視導者多認為「工作態度」遠比教學法重要，新教師是否獲續聘，並不全取決於教學能力，也需視其工作態度而定。

三、視導者的行為分析

視導，在心理學上幾乎無可避免被教師視為一種威脅，會危及教師的專業自主及破壞其自信。

～Morris Cogan（林春雄等譯，1995）

視導者的任務是在教師由新手成為專家的過程中提供必要的協助，此角色應具備何種人格特質？從新教師的立場來看，視導者幾乎等同於監督者。常見的情況是教師臨時被告知視導者要來聽課，教學情緒可能因此受到干擾。另一種情況是課程進行中視導者面無表情地逕自進入教室，讓課堂氣氛為之逆轉。此時，教師不清楚對方要觀察、評鑑什麼？聽課後，教師若得不到適當的回饋，那麼視導者在課上看到了什麼？想到了什麼？或是不滿什麼，就永遠成謎了。此種視導方式，易使新教師將「視導」理解為監督、評鑑，而評鑑的結果關乎未來的聘約，視導行為帶來的威脅可使新教師上課分心，事後的零回饋或不當回饋，也會令其數日不安。將心比心，新教師所需的是及早適應環境、是協助、是安全感，而不是無謂的疑惑與恐懼。

　　視導關係易帶動人際關係的緊張。因此，執行視導之前，視導者宜多方評估自己適合、願意扮演的角色，然後謹慎從事。在一般教學情境中，視導者身分有監督評鑑與協助支持兩種，就心理層面觀之，兩者可擇一卻難以並存。從學校需求來看，視導者若想在短期內使教師學會「依樣畫葫蘆」的本事，監督者的管理方式，較易達成目標；若著眼長期，持續提供教師協助支持的視導者，才能為教師真心接納。

　　在協助支持的視導關係裡：視導者是以「肩並肩」（side by side）的方式與新教師一起面對教學困境，以平等的態度和言語來分析問題、交流意見、擬定新的對策。溝通過程中以新教師為中心，鼓勵其表達個人的看法、需求與抱負，視導者也在溝通中協助新教師澄清觀念。如何落實此種理念？首先視導者要能獲取新教師的信任，其次應將工作範圍鎖定於提升教學，使教師了解視導結果無關考績、聘約，從而抒解被聽課（觀察）的壓力。新教師若能坦然在視導者面前暴露教學弱點，進而主動告知教學困難，教學品質就能快速提升。

　　專業的視導者除需考慮上述的人際互動外，美國視導與課程發展協會（The Association for Supervision and Curriculum Development）也對視導專業角色，做了客觀描述（邱錦昌，1995，頁 47）：

1.　視導者具客觀評估教師及教學的能力。
2.　視導者是課程專家，能參與課程與教材的編製。
3.　視導者是教學專家，能協助教師改進課堂教學。
4.　視導者是個協調者，能參與集體的研討會議，並居中協調。

5. 視導者也是變革的倡導者，能主動倡導各項教育改革事宜。

上列標準不是特為華語教學訂定的，卻也符合了華語教學的需求。它為課堂視導行為畫定了範圍，讓人清楚視導不只是例行公事或即興活動。若想達到效果，視導者的能力、心智、情緒、態度都必須調整。

在視導者具備專業、輔導能力後，接下去要如何進行？有兩方面需考慮：一是提供新教師多少協助？二是提供協助的最佳時機為何？我們可從前蘇聯心理學家維果斯基認知發展理論中的鷹架作用（scaffolding）與可能發展區（zone of proximal development）概念（Vogotsky，1978），得到一些啟示。

鷹架的作用是「協助房屋搭建」，在建築灌漿過程中鷹架發揮了穩固、支持的作用，待房屋建成後，鷹架就必須拆除。若視導者自比為鷹架，而將新教師的專業成熟當作建築主體，在面對難題時便能區辨「我去解決問題」與「我們一起面對問題，你去解決問題」的差別，視導者不越俎代庖，新教師解決問題的能力就會相對增加。如同成人協助幼兒學步，成人提供安全的環境、最大的鼓勵，同時也要讓幼兒減少依賴。

認知發展中的「可能發展區」是指介於「全知」和「未知」之間的「不全知」地帶，是最能獲取學習效果的區域。因此在輔導新教師時，訓練的項目與時機要能配合，既不能操之過急，又要避免亡羊補牢。比方說：和全無經驗的新教師研討「如何改善美國學生發音」時，收效不大，因為此時教師對美國學生發音偏誤的認知尚處於「未知」狀態；反之，

若將討論延至開學一週後，教師的認知就進入了「不全知」階段，研討效果將明顯提高。若此討論延遲至期末或是第二學期再進行，可能某些學生就成了新教師的實驗品。抓住有效時機，採取「由不全知而求全知」的視導、培訓策略，對雙方都有利。

四、視導實踐：以北京 IUP 為例

IUP 是 Inter-University Program 的簡稱，一九六三年由美國十所大學在臺灣聯合創辦的華語教學中心，一九九七年該校遷至大陸清華大學。我自一九八三年起在 IUP 擔任華語教師，一九九七至九八年隨 IUP 至清華，負責教務與新教師的培訓工作。職前培訓、在職培訓過程已詳述於前一章，於此不再贅言。以下將描述在培訓新教師過程中，視導策略的執行與運用。

華語教師的流動率一般較高，臺灣 IUP 向來以短期職前訓練與師徒相授方式培育新進教師。職前訓練的內容是以講授、觀摩為主，為期三個月的在職前訓練則是由資深教師負責，擔任輔導工作的資深教師每日經由擬定進度、準備教材、討論教法等工作，把實際經驗、知識傳遞給新教師，並隨時協助其解決課堂突發狀況，所有的培訓活動都在資深教師的主導下進行。

IUP 移往北京後，最棘手的問題是缺少資深教師的協助，師徒制的培訓便不可行。此時，培訓者除了規劃新的培訓方式外，同時需進行有計畫的視導，以協助教師由反省、互動中逐步改善教學。

（一）權變視導取向

「權變視導」的概念來自教育行政中的權變理論（ contingency theory ）。其假設是沒有一種視導模式、視導風格可以放諸四海而適用於所有的教學情境。視導方式有效與否，是由接受視導的教師的教學態度、服務熱忱、應變能力、專業水準、學習方式、個人需求等因素而定，能協助教師成長的視導方式就是合宜的。權變視導途徑強調視導人員必須依教師的發展程度、投入程度、抽象思考能力，設計合宜的視導策略（張德銳，1994）。

一九九七至九八年 IUP 的視導策略設計如下：將整學年四個學期分為四個視導階段，隨著教師專業發展的需要，每學期的視導方式也不同。第一個學期的目標是建立新教師負責的教學態度、工作習慣，傾向於行政督導。第二個學期的重點是協助教師發現並解決自己的課堂問題，傾向於臨床視導。第三學期是協助教師預測課堂的問題，以防患未然，傾向於自我視導。第四學期要培養教師偵測彼此課堂問題的能力，並找出解決的策略，以形成同僚互助的機制，傾向於同僚視導。

（二）第一學期的行政督導

「行政督導」（ Administrative Supervision ）是具科層結構（ Hierarchical Structure ）色彩的視導哲學。視導者是上級、是領導，他以突襲、視察、監督、上對下的方式實施管理。教師的工作目標是為達成領導所賦予的任務；視導工

作強調控制、標準、績效。雖然在研究領域裡，此種視導理論已漸式微，但在特定環境中，行政督導仍是在短期內易見成效的管理方式。因此，有些華語教學中心的短期密集班，特別是在培訓無經驗的新教師時，仍採用此種方式。IUP 在北京的第一個學期，管理者、教師雙方缺乏互信與瞭解的基礎，彼此仍須時間磨合。行政督導是使學校能在短期內步上軌道，且較易施行的階段性應變措施。

第一學期 IUP 行政督導的目的在考察教師是否能依學校要求認真備課、是否掌握基本教學法。視導者以無預警（突襲檢查）、事前不通知的方式進入教室，聽課過程中，視導者以文字記錄下教學過程，做為日後考評的標準。此種突襲聽課的方式，易讓新教師感到不被尊重，也為學校帶來了緊張的氣氛，可是就現實層面考量，一個由外地遷入的新學校，管理者、新教師雙方在工作動機、態度、標準上，都存著不小的差異，無預警聽課可能是督促教師兢兢業業備課的最有效方法。

無可諱言，頻繁的聽課（例：每週一次），易產生彼此不信任的危機，互信基礎若不穩固，視導關係很難有良性的互動。為此，我們有一些基本原則，採用此種視導方式時，視導者需保持和善的態度，停留在課堂內的時間也避免超過十五分鐘。視導時，新教師承受的壓力相對加大，表達失當、遺漏重點在所難免，體貼的視導者要為教師在本堂課留下空檔，使其能在視導離開後彌補教學失誤，重建課堂氣氛。此外，傳統的行政督導，在視導後常不給教師任何回饋，視導結果僅是考評的參考。換個立場來看，不給回饋的視導行

為，教師可詮解為浪費時間、無故打擾課堂、展現視導者權威等意義，因其對改進教學的幫助不大。因此，IUP 強調視導者在視導後有責任與教師仔細討論教學問題。第一次視導後的回饋討論，對日後的視導關係有決定性的影響，根據歸納，較有利的回饋情況是：

1. 聽課後盡早跟教師討論。
2. 討論時無他人在場。
3. 討論時以教師為中心，視導者先詢問其教學構想、難點，再提出建議。
4. 若教師的教學法仍有偏差，視導者須親自示範，並當場協助教師練習。
5. 對於教師的正面行為要多鼓勵、讚美。

（三）第二學期的臨床視導

臨床視導（Clinical Supervision），是指受過專業訓練的專家對課堂內的教學活動做直接分析觀察。其理念為：尊重教師的人性尊嚴，以平等、民主方式對待教師。視教師為教學專家，並相信其具有改進教學的意願與能力。視導過程中，教師是主動的參與者，視導者僅需強調教師如何教、教什麼，而不企圖改變教師的人格特質。視導工作的成敗，取決於教師是否誠心接納視導者，是否有主動創造的精神（林春雄譯，1995，頁 14）。整個視導過程以分析教學為重心，強調教師的專業成長。

臨床視導的目標是協助教師診斷、解決自己的課堂問題。多數學者將臨床視導實踐分為五個階段：觀察前會議、

教學觀察、分析和策略、回饋會議、會議後分析（Goldhammer,
R.，1969）。此種視導較適合用來提升略有經驗的教師的專
業知能。至於進行的方式，學者的分歧不大，現將 Cogan
（1973）的八個循環步驟稍加修改，即可應用於華語教學上。

1. 建立視導者與教師互信與合作的關係。
2. 視導者與教師一起規劃課程。
3. 計劃觀察目標、過程及課程進行的相關事項。（觀
   察前會議）
4. 視導者進教室聽課。（教學觀察）
5. 聽課時視導者以文字、錄音記錄整個過程。（教學
   觀察）
6. 視導者決定與教師討論的時機、方式。（分析和策略）
7. 視導者與教師當面討論教學。（回饋會議）
8. 評估成果並擬定下一個目標。（會議後分析）

進入第二學期，每位 IUP 新任教師至少有一百六十小時
的授課經驗，教學已進入常軌，教師亦清楚基本工作要求，
因此適用臨床視導，視導者以支持輔導的態度取代原先行政
監督的角色。我根據 Cogon 的雛形，設計了符合 IUP 職場
的臨床視導程序：

1. 教師聽自己的課堂錄音、記錄課堂細節，找出授課
   問題。
2. 教師尋找改進的方法。
3. 將無法解決的難點填入臨床視導表，主動跟視導者
   約定聽課時間。
4. 視導者根據教師所提出的困難，在聽課時找出問題

　　　　　根源，填寫建議表。

5.　　視導者與教師當面溝通，視導者以引導方式讓教師
　　　　自行判斷問題並尋找解決的辦法。

6.　　追蹤瞭解教師的改進成果，以決定下一循環的視導
　　　　目標。

　　這樣的視導強調的是循環往復，畢竟所有的教學問題不可能經一次視導後就全部解決，故而，需擬定多次的循環視導計劃，持續改進、觀察。為了保持正常的授課秩序，視導者無須每次進入課堂聽課，而是用聽錄音、看錄影的方式了解課堂活動的進行。此種視導規劃，是先篩出教師已盡力但仍不理想的課，再以漸進的方式協助個別教師做細部修正。

　　以下是一則視導實例，我們從雙方填寫的臨床視導表中不難看出課程的問題。視導者經由聽課、跟學生個別談話去釐清問題。並在其後提出了一些改進建議。

之一：教師希望視導者觀察的項目（任課教師填寫）

1.　　生詞練習效率如何？能否在課程結束前五分鐘做
　　　　詞語複習？

2.　　每位學生講話時間是否平均？師生、學生之間的互
　　　　動如何？

3.　　教師的提問是否合乎學生的程度及興趣，能否刺激
　　　　學生多用生詞？

4.　　學生談論課文之外的話題或反覆用簡單語句表達
　　　　時，教師拉回主題的方式是否恰當？

之二：教師希望改進的項目（任課教師填寫）

1. 生詞抓得時緊時鬆，採用串故事的方式練生詞，又
    怕學生不喜歡。
2. 討論中，學生會忽略使用生詞，如果提醒她（他）
    又容易出現「填空」的現象。
3. 回答學生問題的態度與技巧。
4. 給學生的印象如何？包括理解、耐心等外在表現。
    　　　＊　　　　　　＊　　　　　　＊　　　　　　＊

之三：視導回饋（視導者填寫）

1. 學生無故不來上合班課，溝通後學生認為合班課[13]
    用處不大。
2. 觀察的結果：
    （1）教師的表情嚴肅，課堂氣氛沈重。
    （2）本堂課的重點放在課後練習與內容討論，準備
    　　　充分的學生在課上可以盡情發揮，準備不足的學
    　　　生覺得沒面子，且覺得效果不大。
    （3）老師不注重生詞、句型練習，學生無法在課上
    　　　及時學到新東西。
    （4）課上，檢查預習的目的達到了，但活用新詞語、
    　　　句型的目的沒達到。
    （5）課堂上語言操練做得不夠。

---

[13]　合班課指一位老師教三個學生的課程。

之四：對課程的建議（視導者）

1. 請教師要有意識地練生詞、句型及相關的配搭。
2. 學生不用生詞，是因為課堂討論時老師並未強調生詞，老師自己也不常用。如果一時不能改善，希望老師能將當天的常用詞，寫在黑板上提醒學生使用。
3. 老師設計問題並未站在學生的立場考慮，話題不易引起學生興趣。
4. 上課時老師態度不自然，發言過於肯定（甚至武斷），氣氛不夠融洽。
5. 從教師的提問可知教師對教材不熟，對內容重點的掌握有偏差。
6. 難、易詞練習的比重應有不同，請教師針對難詞多準備例句，幫助學生理解、吸收。
7. 學生使用低於程度的簡單句時，老師可將句子加入生詞、句型重整一次，再請學生複述。
8. 課程結構不清楚，預估時間與實際教學出入很大，教師雖頻頻看錶，但在最後五分鐘仍未能回到課本做結束前的複習。

（四）第三學期的「自我視導」

　　自我視導（Self-assessment）是教師透過自我檢視，分析班級的特色、教學的優缺點，以改進教學品質。透過視導模式的設計，教師得以獨立、持續發展專業能力。視導人員只

扮演支持的角色，此方式適用於有經驗、有能力的教師。[14]

　　IUP 新教師在職前培訓與第一、二學期的教學會議中，已做過一系列的教學研討，如：IUP 教學目標、基本教學模式、教學注意事項、教師的儀態、外籍生漢語學習問題、語言基本教學法、有效教學的教師特徵、發問的策略、聽力教學法、閱讀教學法、報刊教學法、如何幫學生學語法、教師自我評鑑表等。重要的教學觀念也在過程中重述。此時，教師皆已跨越生手階段，具有偵測、解決自己課堂問題的基本能力。

　　比較特別的是，第三學期的視導回到與理論悖反的不預警聽課方式，是始料未及的。此一改變乃是應教師的要求，並且在開會表決後做成決議。一位教師說：「頭一天知道要聽課，總希望自己有最好的表現，會睡不好覺，不如隨時來聽，反正每天的課都是一樣的。」事實亦符合教師的陳述，其實到了第二個學期，視導時就不再見到備課不認真的教師了。而不少教師於例行視導後，也會針對其他棘手、不熟悉的課程，主動要求視導者到教室聽課，以便尋出改善策略。正面的解釋是，教師已理解視導目的，並對視導者產生足夠的信任，不再將學校要求的備課標準視為負擔。誠實面對問題、誠心解決問題，使得新教師的專業能力得以迅速成長。

　　自我視導的目標是幫助教師提高對教學問題的敏感，並逐步鍛鍊教師偵測自己課堂問題的能力。施行視導的程序是：

---

[14] 資料參考徐孝恭著〈論學校視導與教學革新〉收錄於《教師新思維論文選集》，臺北：臺灣師範大學出版，頁一八五。

1. 事前不通知。

2. 視導者進教室聽課，同時以文字、錄音記錄過程。

3. 任課教師聽自己上課錄音帶，並以文字記錄下所發現的教學問題。

4. 教師根據問題思索改進的策略，並與視導者約時間討論。

5. 視導者將聽課記錄、建議整理清楚，提供教師參考。

6. 討論時，教師提出聽錄音帶的心得、改進教學的方法。

7. 視導者將整理後的聽課紀錄拿出與教師交換意見。

過程中，視導者雖提出建議但重點已由改進教學，推進到鍛鍊教師獨立判斷、解決問題的能力。以下是視導者的筆記，其中有記號「◎」者為教師未能測出的部分。

視導者聽課建議（視導者填寫）

課程：基礎文言文（單班課[15]）

上課程序

1. 學生背課文。

2. 學生不看書翻譯課文，遇有翻譯不準確的詞，老師以暗示的方法引導學生自我修正。老師針對每一個句子，仔細修正。（語文層次的教學）

3. 老師詢問有關意義的問題。如：這篇文章這樣寫是

---

[15] 單班課指一位老師教一個學生。

不是自相矛盾？（義理層次的討論）

4. 學生提出預習時的疑點（視導者建議：本程序宜提前做）。

5. 學生翻開課本，老師提示關鍵字，如：「昔」、「孰」、「以」和學生討論用法，並複習前幾課的用法，如：「父」。

6. 給學生關鍵字表，讓學生課後整理。

優點

1. 老師上課全神貫注，認真回應學生的說話內容。

2. 教師說話有抑揚頓挫能吸引學生注意。

3. 善於舉例、說明。（以具體的事物解釋抽象概念，例：用兩枝筆解釋「並」。）

4. 課程進行的程序結構清楚，學生學得紮實。

5. 老師能掌握課文的重點練習。

建議

1. 背課文須依學生動機、學習情況、課文長短決定，不宜強制。

◎2. 可適時加入寫的作業，如：將文言句子翻譯成白話以鞏固所學。

◎3. 學生聲調有問題，可在黑板上劃定一個區域，專記今天犯過兩次以上的聲調錯誤，下課前再複習一次。

4. 學生沒學過，但是教師說明時需要用到的詞，宜寫

在黑板上。如：「昆蟲」。

5. 老師說話不要急，不要趕進度，給學生充分的表達機會，切忌兩人同時說話。

6. 當老師不明白學生意思時，要以耐心詢問的方式去了解學生想說的內容，避免亂猜。

7. 下課前五分鐘，請將黑板上記下的學生錯誤，再練習一次，不必開始新的內容。

在此階段中，教學上已無嚴重錯誤。對照視導者與教師的紀錄後發現只有兩個記號「◎」的問題教師無法自行偵測出來。

（五）第四學期的同僚視導

據 Nsien（邱錦昌譯，1995，頁 105）的看法：「同僚視導（Peer Supervision）就是教師彼此協助去觀察、分析、評估其教學策略與課堂活動的交互作用歷程。」其假定為：在教學方面，教師是「知道得最多的人」，每位教師都是教學專家。以找尋真相而言，誰會比同一教學情境中的教師更清楚教學活動？誰又能比同僚更了解課程的問題？此外，同僚地位平等，討論時較易建立合作分享的互動關係。

第四學期是 IUP 整年視導的最後階段，這一年結束後，外來的資深教師就會離開，當地教師必須負擔起所有的校務，包括解決教學問題以及培育新人。因此，教師除了要能管理自己的教學外，也要具備評鑑其他教師教學、輔導新進教師的能力，故而採同僚視導。目前由於學者對同僚視導的界定不明確，因此產生兩種並存的概念，一是，在專業人員

的指導下，組織教師所建立的視導機制。二是，由教師自行組織的教學改革任務小組。新教師比例高的學校，建議採用前者；教師教學經驗豐富的學校，可採用後者。IUP 全為新教師，因此採用的是前者，並在方法上做了一些修正。一般的同僚視導，允許其同僚進入課堂，但 IUP 由於班級內的人數少，不同的教師進入課堂容易造成干擾，且有衝堂的顧慮，故仍採視導者（教務主任）聽課，同僚（同事）聽錄音的方式進行觀察。

同僚視導有許多好處，新教師所承受的壓力也較輕，然而，在學者看來仍有一些小瑕疵，例如「無經驗的教師從事同僚視導工作，在視導歷程上會浪費許多時間。」（Muir，1980）這一點值得思考，畢竟教師大部分的精力、時間應該花在教學上。因此，IUP 安排同僚視導活動時，遵守以下的原則：

1. 視導者的定位是協同教師，視導的目的是協助、合作，而非督導。

2. 協同教師視導的課程，應是自己曾經教過的，如此方能掌握教學情境。

3. 為提高效率，聽課前教師須清楚觀察目標與做記錄的方式。

4. 聽課後，當協同教師首次與任課教師討論時，真正的視導者（資深教師）應在場並記錄協同教師表達意見的方式，以幫助教師提升視導品質。

視導是複雜且多面向的工作，初次參與的教師不易掌握要訣，因此提醒（或要求）首次進入課堂聽課的教師，需記

錄以下的項目：

1.　聽課時間、課程、教師、學生。
2.　教學程序。
3.　教學法。
4.　特殊事件，如：舉例錯誤、言語衝突、意外離題等。
5.　重要的句子，如：練習用的範句。
6.　本堂課的優點。
7.　本堂課待改進事項。
8.　對本堂課的修正意見及改進方法。

五、理論之外的反省

　　視導是人對人的工作，因人、因情境不同，過程中也充滿了變數，視導者除了要能選擇合宜的視導方式外，也需兼顧其他影響視導的因素。

（一）時間

　　如何選擇視導時間？開學第一週的星期五到第二週結束是較佳的聽課時段。開學頭幾天師生要彼此適應、培養練習默契，視導者在此時介入會影響教學互動。然而為了要協助教師及早發現問題進而補救，視導時機也不宜太晚。此外，要避免在週一、考前等學生情緒不穩定的時間聽課，以防學生因表現不佳而遷怒教師。除非情況特殊，視導者不宜在課程進行中進入教室。

（二）態度

視導者需以何種態度進行視導工作？學生人數越少，視導者對課堂的影響就越大。視導者觀察教學，同時也成為師生觀察的對象。面帶微笑、專心聽課、偶以點頭示意的視導者，能減輕教師腹背受敵的壓力。視導者的態度可隨課堂氣氛自然起伏，不必為了客觀而喜怒哀樂不形於色。視導者在課上發現教師犯錯，宜不動聲色，留待課後處理，最忌當場指責，讓教師失去威信。視導者的小動作，像振筆疾書的刷刷聲，玩手玩筆的習慣、左顧右盼的神情，都會影響師生上課的情緒。

（三）回饋

視導後要如何與教師溝通？建議儘速、主動給予教師回饋。第一次聽課、回饋，決定了新教師對視導者專業能力的信任與否。視導者的地位、背景不同，事後回饋的效果也互異。就教學而言，資深教師熟悉教材、教法、教學情境，易看出課程結構的問題，較能協助新教師調整教學。若由行政主管兼任視導者，因其工作重點不在教學，對教材未必熟悉，故而較難切中教學重心，但從心理層面觀之，行政主管的讚美則較其他建議更能產生激勵的效果。由此，視導者可因身分與專長，決定事後回饋的重點，但無論何種形式，及時、主動絕對比延宕、被動來得好。

（四）關係

　　視導者與被視導者間應維持何種工作關係？多元共
存、彼此包容是華語教學的先天情境，在視導策略中，較適
用的是人本心理學家 Carl R. Rogers 提出的：真誠一致
（congruence）、無條件積極關注（unconditional positive
regard）、同理心（empathy）的輔導關係（張春興，1994）。
此理念落實到具體情境中，可歸納出以下要點：

1. 無論視導者背景為何，不宜抬高姿態與教師形成對
   立。
2. 討論時宜就事論事，忌用歧視、人身攻擊之類的字
   眼。
3. 以正面、積極、鼓勵的表達方式代替消極、洩氣、
   負面的陳述。
4. 公私分明，與每位教師保持等距關係。
5. 將心比心，不提出乖離人情的要求、不訂定有違常
   情的制度。
6. 工作要求需有一致的標準，亦需以身作則。
7. 以商量、建議代替指使、命令。
8. 力排眾議時宜三思，避免產生「上有政策，下有對
   策」的組織文化。

　　討論完教學中的視導實例、視導者角色、視導方式後，
這篇文章也接近尾聲了，但華語教學中的視導研究才剛起
頭，仍有大片領域等待吾人開發。教育學上的視導工作可總
括為十項（Dull，1981）：

1. 與課程內容相關的事務。
2. 有關課程未來之發展。
3. 教師專業知能的改進。
4. 教學的方法、策略與技術。
5. 評鑑的方式與課程資源的選擇、利用。
6. 增進師生之間的了解。
7. 教學單元活動設計。
8. 課表類型之組合與設計。
9. 課堂氣氛與班級管理。
10. 師生教學活動的評鑑。

其範圍從課程發展、教學技術、資源利用、教學評鑑、班級管理到師資培育。而目前華語教學的視導僅集中在改進教師專業知能與教學技術上，未來仍有提升的空間。本文嘗試將教育理論與華語教學結合，期盼未來有更多的學者投入華語教學與其他學科整合的研究，使華語教學的發展更為豐富、多彩。

第三章　華語文夏令營的設計與管理

一、背景與場域

　　大陸改革開放之前，回臺灣學華語、念大學是華裔子弟進修的最佳途徑，改革開放後，大陸政府以各種有利條件、優惠方案向僑界招手，再加上其背後雄厚的市場潛力，海外學子基於長遠的就業考慮，選擇回臺灣念大學的人數已漸呈下降的趨勢。不可否認，回臺學習，確為華裔子弟瞭解臺灣、親近本土文化的最佳機會。面對僑界的期待，在臺灣從事教育的人，似乎不該因著對岸強大的財力、人力、號召力就放棄了數十年來的教學成果。我們除了檢討過往的優惠政策、設置滿足僑界需要的專業課程外，亦可以考慮以學習華語為主的短期班、密集班、夏令營、遊學營等多元形式，吸引華裔青年短期返國，從生活中認識臺灣，從學習中認同文化。

　　從推廣的角度來看，在各年齡層的教學中，華裔青少年暑期夏令營的投資報酬率應是最高的，活動安排也比較容易。其原因：第一，青少年的思想已近成熟，對鄉土的認同可延伸至成年。第二，如果對臺灣的文化有了基本瞭解，甚至好感，亦會提高華裔子弟未來返臺就讀大學的意願。第三，讓海外青少年與擔任教學、輔導工作的臺灣大學生互動，是培養本地學生世界觀的絕佳機會。第四，暑期夏令營期間，正值學生放假，此時學校人力、設備、教室尚有空閒，若能善加利用既有的資源，必能事半功倍。

　　基於此想法，二〇〇二年夏天，中原大學應用華語文學系、世界華語文學會、宇宙光基金會、明新科技大學等單位，在教育部僑教會大力支持下，於明新科技大學舉辦了第一屆「華裔青少年華語文及福音體驗營」（以下簡稱「華語體驗營」）。其對象為印尼、美國、香港十三歲到二十二歲的華裔青年，規劃的構想是嘗試以全人教育理念為基礎，設計一套全語言（Whole Language）、全方位的華語課程。

　　營隊每天的時間表大致固定。早上八點二十分到九點，有四十分鐘的人格陶冶時間，學員依小組和輔導員一起閱讀、討論經典[16]之後安排了三個小時的華語課，依學生程度分成初、中、高三級，每級有兩班。午休後是兩個小時的藝文課，包括陶藝、書法、國畫、風箏製作、捏麵人、壓花、剪紙、中國結、國劇身段等在海外不容易接觸到的課程。晚飯前的兩個小時是自由時間，讓學員做體能活動，打籃球、網球、保齡球、跳韻律、游泳等。晚餐後有固定的自習時段，以及一對一的發音輔導。臨睡前，各小組會再聚集一次，分享當天的學習經驗，並一同做晚禱。雖然活動排得很緊湊，但希望學生都能在和諧的氣氛中開始、結束當天的活動。

　　從課表上看，華文課似乎只有早上三個小時的課堂教學和晚上半個小時的一對一口語練習，但無論是經驗分享、體育活動、藝文課程、參觀旅遊，溝通時都是以華語來進行，資深教師除了負責課程管理，亦會依據學生的情況修正每日教學份量，以期達到最高的效率。

---

[16] 經典的內容包括聖經經節和修身的短文。

營隊結束後，主辦單位獲得家長、學員的正面迴響[17]。最近，欣然得知其他大學也計畫於未來籌辦類似的夏令營。因此將本次「華語體驗營」中自己所負責的教學管理、教師訓練等經驗寫出來，以供未來有志從事的單位、教師參考。「沒有僑教就沒有僑務」，僑教、華教的推廣，需要更多大專院校與學術團體的參與。

二、具特色的華語文夏令營設計

青少年的「華語夏令營」究竟如何定位？是高學習成就的密集語文班？還是快活玩樂的夏令營？面對這些青春期的孩子，過嚴的上課方式可能會適得其反，而「華語體驗營」也不能變成夏天的休閒活動，這樣會辜負家長送孩子回臺灣的期望。我們目標是辦一個「效率高」、「效果好」、「快樂學習」的夏令營，因而課程管理、測驗評量、活動規劃等完全依密集班的標準來制訂，但是在其他相關的活動上，則依年輕孩子的喜好與需要來設計。訂出了以下的方向：

（一）全浸式的華語學習

教師、輔導員都住在宿舍裡，與學生同吃、同住，上課、日常互動、經驗分享，甚至在浴室打招呼都是以華語來進行，教師絕不使用華語以外的語言。文化課、旅遊參觀、團體活動（如：大地遊戲），也是以中文來說明。所有的活動，

---

[17] 請參附錄一，二〇〇二年「華裔青少年華語文及福音體驗營」家長來函：一位母親的來信。

除了與程序、人身安全有關的事項，絕不使用外語。但為了處理突發事件、疏導青少年可能出現的情緒起伏，工作人員中有一位輔導員為英語母語者，男、女各一位輔導員為印語母語者。

（二）明確的學習目標

我們的目標是在一至兩週內，以密集訓練方式回復、提升學員的華語表達能力，亦即將原本在僑居地被動學來的語言知識變成能主動應用的語言工具，除了教師、輔導員會有意識地提供情境讓學生練習外，課堂中亦以問答、多元作業、口頭作文等練習來檢驗當日所學，此外也規劃了兩週一次的大考筆試、演講口試來完成全期目標。就語言技能而言，第一週的重點在發音與拼音，第二週是日常對話練習，第三週說寫並重，開始有計畫地練習五百個高頻漢字。第四週是段落表達訓練，並驗收五百個漢字的學習成果。

（三）清楚的課程規定

夏令營的第一天，我們就告知學生相關的學習規定，如：課前預習、每日小考、準時交作業、只能說中文等等，這些都是在一開始就必須養成的習慣，為了讓學生都瞭解應該配合的事項，我們提供了中文、學生母語對照的說明給學生。本營隊的學生分別來自印尼、美國，因此所有的雙語資料都必需有中印、中英兩種版本。

課程規定

Peraturan selama di kelas

1. 課前要預習。

   Diharuskan mempelajari bahan pelajaran terlebih dahulu sebelum kelas dimulai.

2. 每天有小考，考當天上課的範圍。

   Setiap hari akan diadakan ujian kecil, bahannya yaitu meliputi hari itu juga yang diajarkan.

3. 準時上課。

   Diharuskan tepat waktu mengikuti kelas.

4. 按時交作業。

   Pengumpulan pekerjaan rumah harus tepat waktu.

5. 只能使用華語。

   Hanya boleh menggunakan bahasa Mandarin.

6. 上課時不可吃東西以免妨礙練習。

   Disaat pelajaran berlangsung tidak diperkenankan makan supaya proses belajar-mengajar tidak terganggu.

7. 上課儘量靠聽力，不要看課本。

   Saat pelajaran berlangsung diusahakan sebisanya menggunakan pendengaran, jangan melihat buku diktat.

8. 練習時要大聲跟著老師說。

   Disaat berlatih Mandarin harus mengikuti Guru berbicara dengan suara yang eras.

9. 第二周、第四周有大考。

   Pada minggu ke dua dan minggu ke empat akan diadakan ujian besar.

　　除了課程說明外，每週一我們也發給學生「本週備忘錄」[18]，以提醒當週的教學目標和課程規定，同樣的也翻譯成學生的母語，讓他們確實瞭解每個階段該完成的事情。

（四）高彈性的教學法

　　創造每日的新鮮感，是維持青少年學習動機的重要關鍵。一個月的夏令營，學生的學習自有起伏。一天之中第三個小時的華文課是最難熬的，學習情緒也較低落，因此，在第三個小時更換老師，並以較動態的語言活動鼓舞精神。每天的語言活動都是根據教材、學生興趣重新設計的，課後作業形式多元，且不限於紙筆，內容還要兼顧驚喜與挑戰。教學的進度雖預先做好規劃，但會在每日教學後進行微調，雖有進度但不受限於進度，教學份量是以學生能吸收的最大量為原則。

（五）合宜實用的教材

　　短期營隊和長期語言班選材的標準不同，短期班的著重點有二：第一、快速提升語言表達能力。其作法是在已知的句型、生詞上，設法使學生能將被動的理解化為主動的應用。故而教學時，必須創造不同的情境以刺激學生活用，例如：初級班複習完數字後，學生的作業便是詢問班上同學的手機號碼；課上練習了打電話的各種情境，晚上的作業就是給不同的老師打電話，此時，我們也會讓所有的老師知道當

---

[18]　「本週備忘錄」見附錄二。

天有這項作業，並提供講義[19]請老師配合。第二、鞏固所學。考慮到語言的重複率有助於記憶與學習，因此所選擇的教材，要能和生活密切相關、隨學隨用，且能在一個月的生活中不斷地重現，亦即將課內教學與課外生活密切結合。

（六）專業的教學管理

有效的教學管理是達成教學目標的關鍵。夏令營中教學工作繁重，又常得應付突發事件，因此教師的機動性要高，且願意互助合作、彼此替代，一個月的活動才可能順利完成。此次「華語體驗營」的教師均為新手，管理者則是具經驗的資深教師，熟悉華語文教學的每一個環節，並有緊急應變的能力。管理者的具體的工作為：1. 訂定全期的教學內容、教材進度。2. 主持入學測驗、分班。3. 訓練新教師並帶領教師備課。4. 到教室聽課並協助教師改善教學。5. 根據聽課結果修正每週教學重點。6. 解決突發的教學問題。7. 檢查所有的考題、作業以及成績報告。

（七）客觀的評鑑機制

評鑑是雙方的，「華語體驗營」要求教師對學生的學習情況做詳細的紀錄，學生亦對教師的教學提出回饋，故而有了多種的評鑑。第一，學生入營和離營時需與教師做一對一的錄音口試，結業時學生將錄音帶攜回，家長可比對學習前後的差異，以瞭解子弟口語表答的進展。第二，教師須為每

---

[19] 給老師打電話的講義，請參附錄三。

位學員填寫詳盡的學習成績單，包括每日作業、小考、大考的成績。第三，教師需針對個別學生在營隊課內、外的學習，做一份書面報告，內容有語文能力、學習表現、給家長和未來老師的建議三大類[20]。第四，學生填寫教學評鑑表，針對教師的教學提出十項評鑑和建議。

本次營隊除去考試，真正上課的時間不到十五天，有人這樣形容：「教學像作戰，上課像登臺；只許成功，不許失敗。」無論上課還是活動，事前完善的規劃、準備是「華語體驗營」工作的基本原則。

三、夏令營面臨的問題

一個沒有華語中心，沒有固定教師團隊的學校要辦「華語夏令營」，不是一件容易事。管理上一開始就面臨兩個問題：學生異質與教師難求：

（一）學生背景各異且動機不足

舉辦語文夏令營，主辦單位若不是在特定地區、以特定年齡層為招生對象，其學生的背景、華文程度差距必定懸殊，課程中若無法依個別需要施以教學，高效率的目標自然不易實現。因此分班這個環節格外重要，除了要做到每班學生程度整齊、老師好教，還要適度照顧到學生原有的認字、書寫習慣。本次華語體驗營的學生，主要來自美國、印尼、

---

[20] 請參附錄四：二〇〇二年「華裔青少年華語文及福音體驗營」華語學習報告。

香港三個地區。年齡分佈在十三到二十二歲之間，由下表的學習者背景分析，我們不難推知此次教學的難度。

學習者背景分析表

僑居地	年齡	以往學習型態	使用字體	拼音符號	教學難點	學習動機
印尼	18~22	大學的 L.2 教學	能讀寫 150~200 個簡體字	漢語拼音	發音、會話	強烈
美國	14~22	家學 假日中文學校	讀寫 10~300 個正體字	注音符號 無	排斥漢字書寫	缺乏
香港	13~15	家學 學校中文課	能讀一般正、簡字體 能寫簡體字	漢語拼音	排斥華文課	無

　　在使用的字體上，印尼來的同學只學過一點簡體字，香港的同學學過正體字，但未來要用簡體字，美國同學用的是正體字。學生的程度分歧，全營不能共用一種教材，此外教材中也需兼有英文、印尼文兩種翻譯。歸納各類學生的需要之後，美國來的同學用的是正體字、注音符號、中英對照的課本；印尼同學用的是簡體字、漢語拼音、中印對照的課本；香港來的同學用的是正體字、漢語拼音、中英對照的課本。

　　教材在營隊開始前三個月就得著手準備，而所有的內容都需要有電子檔，以便隨時轉換字體、拼音，同時也要做英

文、印文的翻譯，否則便不能滿足學習者的需要。對於寫字，我們並不強迫寫簡體字的同學轉換字體，畢竟在短短的一個月裡，學生既要適應環境、教法，又要學習新字體，負擔太沈重了。我們採取的方法是，兼用正、簡兩種字體，學生可依自己的需要選擇，但要求老師能讀、寫兩種字體，必要時可以兩種字體並用進行教學。

營隊學生年齡的差距也大，從初中、高中直到大學，由於不同年齡的學生分處於不同的生理、心理階段，教師很難找到一體適用的教學法和皆大歡喜的語言活動，更難找到一個能引起全班興趣的主題。因此，過程中教師常為了設計課堂活動、會話情境而絞盡腦汁。

此外，部分學生的學習動機不強，對教學也有影響。以往我做入學分班口試詢問學生：「你為什麼來這裡學中文？」得到回答多半是為了研究、就業、興趣等等。但在「華語體驗營」中卻有了不同的答案，學生說：「我爸爸要我來的。」、「我媽媽沒問我，就給我報名了。」、「我不要學中文，媽媽說在這裡可以跟朋友玩。」、「我要我媽高興，我學中文我媽就會高興。」稚氣聲音的背後，充滿著抗拒的情緒。其實，無論誰都會同情這些嚮往自由的青少年，愉快的夏天，本來就是該在海邊戲水的，現在卻要一群精力旺盛的 e 世代新新人類坐在教室裡讀中文書、說華語，與磨人的口試、筆試搏鬥，其不滿可想而知。學習者缺乏動機，教學難度也會相對提高。

（二）缺乏實戰經驗的華語老師

夏令營的教學是打工性質的短期工作，薪水微薄，少有語言中心的老師會為了一個月的夏令營而中斷原本的工作。沒有教師，課開不成；教師不專業，辦學成果不好；辦學成果不好，連帶會影響主辦單位的聲譽。在無法找到專業教師的窘境下，我們只得重新培訓教師，並以教學管理從旁輔助。因此，徵聘了具潛力的應屆畢業生，以「從做中學」（教師對事情的態度）、「互助合作」（教師彼此之間的關係）、「將心比心」（教師對學生的態度）做為教與學的信念。

華語教師背景分析表

	性別（代號）	專業	華語背景	其他
1.	男（彬）	外文	36 小時華語文教學課程	無任何教學經驗
2.	女（娟）	外文	36 小時華語文教學課程	曾任幼教美語教師
3.	女（宜）	外文	104 小時華語師資課程	無任何教學經驗
4.	女（鳳）	國企	72 小時華語文教學課程 144 小時僑生國文	印尼僑生 有英語教學經驗
5.	女（琦）	日文	104 小時華語師資課程	日語教學碩士 有高中日語教學經驗

6.	女（婷）	社工	36小時華語文教學課程	無任何教學經驗
7.	女資深教師	中文教育	曾在不同學校擔任教師培訓、教學管理	教學時數超過15000小時

　　從上表的教師組合，可以推知，無論事前的準備多周全，仍會有突發狀況。在課程進行中，負責教學管理的教師必須坐鎮在教學區內，一方面是為了讓新教師有安全感，另一方面是要在第一時間內判斷並迅速解決突發問題。

　　營隊開始前，一位教授客氣地問我：「這些小老師都有華語教學經驗嗎？」我說：「都沒有。」她又說：「那他們能教書嗎？」我說：「有我在。」這樣的回答是自信也是不得已，然而，在種種限制之下其實沒有第二條路可走。和我以往的工作相比，這個營隊的管理難度並不是最高的，但是對甫出校門的新老師而言，卻是生命中首次的「戰鬥營」，他們必須同時經歷辛苦的教與學的歷程。基於對營隊運作的了解，我在甄試教師時，並不考慮他是否有教學經驗，而是仔細評估他的學習潛力、助人熱忱以及對工作的責任感。一位新老師在札記中，對教學的團隊做了以下的描述：

　　幾位老師著實讓我印象深刻。他們備課到將近半夜一點，隔天早上不到七點就在辦公室準備一天的工作，總是充滿活力，笑臉盈盈，有高度的責任感。他們在教學上奔波勞碌的程度總叫我汗顏……。有的老師要求完美，願意花一下午的時間反省當天的教學流程，

他關心每一個學生的學習情況，並且設法為他們尋求突破，……有的老師是工作狂，樂於接受挑戰，能承受滾滾而來的壓力而不懈怠，工作對他而言似乎和鴉片一樣有吸引力。這群好夥伴讓整個團隊工作效率高，氣氛輕鬆愉快，與他們共事是一種福氣與享受。

事實證明，好的團隊加上清楚明確的工作程序，即使面對背景複雜的學生，一群沒有經驗的老師也能達成既定的目標。

四、教學相長的實踐歷程

資深教師在培訓之前，首先需要思索的問題是，如何在最短時間內，配合「華語體驗營」的教學進度讓新教師逐步掌握例行工作的每個環節。過程中實際採行的步驟大致如下：1. 將例行工作分類，按照執行的先後訂定培訓計畫，每次只精熟一個項目。2. 將培訓項目製成可隨時查考的工作手冊，內容包括：觀念辨析、有效的工作流程、錯誤舉例、如何避免錯誤等等。3. 資深教師與新教師討論資料內容並澄清觀念。4. 新教師試做該項目，彼此觀摩並提供改進意見。5. 在教學情境中實作，資深教師在旁觀察，並針對個別弱點做一對一的調整。以下是全期的工作計畫表及說明：

（一）預備工作週計畫

時　　間	6/21〈週五〉	6/22〈週六〉	6/23〈週日〉
8:00~10:00		模擬教學第一課	第四課備課會議
10:00~12:00	12點於明新員生餐廳集合	模擬教學第二課	第四課模擬教學
12:00~13:00	午餐及會議	午餐	午餐
13:00~15:00	課程及教學工作說明	各自備課（第三課）	各自備課（第五課）
15:00~17:00	各自備課（第一課）	第三課備課會議	第五課備課會議
17:00~18:30	晚餐	晚餐	晚餐
18:30~20:00	各自備課（第二課）	第三課模擬教學	第五課模擬教學
20:00~23:00	第一課,第二課備課會議	各自備課（第四課）	面對開學第一天

　　體驗營開始前，教師提早三天到營區，做教學前的準備。資深教師向新老師解說本期的教學計畫、工作流程、學生特質、評鑑標準等事項。當天午餐後即開始工作。

　　課程及教學工作說明：資深教師需將全程的工作細節、責任清楚地告知新教師。並排訂「個別談話時間表」、「教室分配表」、「活動計畫表」等等。由於運作系統龐雜，一切唯有按表行事，才能公平運作無誤，學習如何排表、看表是新

教師的第一課。

備課會議：由資深教師帶領新教師分組備課，訂出每堂課需要練習的內容、生詞、句型，教師也提出各自認為合適的例句、情境對話、課堂活動做交流，集思廣益，務使學生在不同的課堂內能得到相同的教學資源。備課會議對教師的成長頗具意義，新教師可以在最短時間內從互動中汲取資深教師教授該課的方法，以減少獨自摸索的時間。

模擬教學：每天每位新教師針對備課的內容上臺做十到二十分鐘的模擬教學，彼此觀摩後舉出不合適的部分來討論，藉以達成教學上的共識。在課程開始前的準備中，模擬教學格外重要，資深教師需為每位新老師找出其教學上的盲點、缺失，一再修正、練習直到無誤為止。三天的密集備課、模擬教學訓練，約可協助老師準備完兩週的課程，如此，可大大提高新教師的信心。

（二）第一週工作計畫

時間	6/24 週一	6/25 週二	6/26 週三	6/27 週四	6/28 週五	6/29 週六	6/30 週日
7:30~8:00	早餐						
8:00~9:00	各自備課、提醒當日注意事項						
9:00~12:00	測驗實務說明及工作分配	筆試	主題 1: 宿舍生活	主題 2: 日常用品	主題 3: 人的外貌		

12:00~1:30	午餐						
14:00~15:30	佈置試場準備設備熟讀試題	改考卷分班	聽課回饋教學檢討班級調整	聽課回饋教學檢討班級調整	聽課回饋教學檢討班級調整		
15:30~17:00	錄音口試	分班會議	備課	備課	改作業		
17:00~18:00	晚餐						
18:00~18:30	錄音口試	定個別談話主題	定個別談話主題	定個別談話主題			1.討論下周工作細節 2.出考題的方法 3.設計課堂活動
18:30~20:30		個別談話糾音答疑	個別談話糾音答疑	個別談話糾音答疑			
20:30~22:30	1.檢討口試 2.如何做個別談話	模擬教學	模擬教學	模擬教學			

　　口試技巧：語文口試形式、功能不一，在夏令營中，主要應用於分班和期末評量，採一對一錄音方式進行。口試教師的責任是要能在十五至二十分鐘內測出學生的口語程度，以利分班。測試內容包括聽說、對話、敘述、說明、討論抽象話題、引起辯論等層次，口試有明確的測驗目標而無固定的試題，為要測出學生語文程度，主試教師除了需具備豐富的教學經驗外，口試技巧的訓練亦不可缺。夏令營中的新教師缺乏口試經驗，因此先試做聽與說的部分，問答的部分則

由資深老師負責，即使是單純的聽說口試，也需提供程序讓教師參考[21]。

課堂聽課：資深教師進入課堂聽課，協助新教師改善教學，是教師養成中重要的一環，聽課的目的是要考察教師備課是否認真、是否掌握了基本教學法，此外亦需評估新教師所採行的策略與情境是否相應。聽課時間約十五分鐘，以不影響課程進行為前提，聽課時以文字記錄過程，下課後要盡快與教師討論、提供回饋。

聽課回饋：資深教師上午聽課，並在當天下午跟新教師討論，此時最好沒有第三者在場。溝通時，要以新教師為中心，資深教師宜先詢問教師組織教學的構想、教學難點，之後再提出具體的建議。若新教師未能掌握教學法，資深教師應示範一次，並當場請新教師再次練習，直至技巧無誤為止，討論時間最好不超過半小時。

個別談話：學生的個別差異大，為使他們能獲得各自需要的口語訓練，每晚六點三十分至八點三十分排出了一個「個別談話」時段。學生每天可以跟教師做二十分鐘一對一談的個別談話，在這個時間裡，教師會針對該週的目標以及學生個別的弱點加強練習，為使學生能適應不同的語言習慣，個別談話的教師每天更換，每日「個別談話」之前，教師會聚集開會，討論當天各班學生所需練習的內容。

---

[21] 〈聽說口試須知〉請參附錄五。

（三）第二週工作計畫

時間	7/1 週一	7/2 週二	7/3 週三	7/4 週四	7/5 週五	7/6 週六	7/7 週日
7:30~8:00	早餐						
8:00~9:00	各自備課、提醒當日注意事項						
9:00~12:00	主題 4: 穿著	主題 5: 飲食	主題 6: 交通	主題 7: 運動	筆試 演講 口試		
12:00~1:30	午餐						
14:00~17:00	聽課 回饋 教學 檢討 批改 作業 各自 備課	聽課 回饋 教學 檢討 批改 作業 各自 備課	聽課 回饋 教學 檢討 批改 作業 各自 備課	聽課 回饋 教學 檢討 批改 作業 各自 備課	閱卷 說明 閱卷		
17:00~18:00	晚餐						
18:00~18:30	定個別 談話 主題	定個別 談話 主題	定個別 談話 主題	定個別 談話 主題			
18:30~20:30	個別 談話 流利 訓練	個別 談話 流利 訓練	個別 談話 討論 講稿	個別 談話 演講 練習			1.討論 下周工 作細節 2.如何 寫學生 報告
20:30~22:30	小組備課會議 設計課堂活動			檢查 考題 安排 演講			

批改作業[22]：書寫、批改作業，是另一種形式的師生溝通。體驗營規定教師需在當天閱畢作業，並在第二天發還，所有教師用統一的符號批改。此外，改作業的方式需區分層次，批改初級學生作業時，要將重點放在句型、用詞上，以改動最少為原則，以免傷及學生自信。批改後需加寫鼓勵的話、批改日期、教師簽名等等。

演講訓練：演講是一對多的語言表達訓練，學生有了一次較理想的華語演講經驗後，說華語的信心就會大增。為創造較好的學習經驗，教師需按部就班地引導。其步驟是先請學生根據有興趣的主題寫成演講稿，再交給教師修改，修改後學生於課外時間熟讀，並在「個別談話」中反覆練習，練習時請教師改正發音，最後，教師應協助學生在演講的地方預演，並為其修正儀態、手勢等肢體動作。

閱卷說明：在體驗營中，出題與閱卷均有規則可循。閱卷時，一律用紅筆，為求閱卷標準一致，每位教師批閱試卷的同一大題。為求卷面整齊、計算方便，一律在該大題前記下扣分，最後再核算總成績。批改問答題時，以學生填寫的詞彙、語法正確與否為標準，不必要求文詞優美。填空題的答案未必要與標準答案完全相同，但須符合語言邏輯，且能貫通上下文。批改選擇題時，容易出錯，閱完卷後需重新核對。

---

[22] 〈批改作業須知〉請參附錄六。

（四）第三週工作計畫

時間	7/8 週一	7/9 週二	7/10 週三	7/11 週四	7/12 週五	7/13 週六	7/14 週日
7:30~8:00	早餐						
8:00~9:00	各自備課、提醒當日注意事項						
9:00~12:00	主題8: 大街小巷	主題8: 大街小巷	主題9: 學校生活	主題9: 學校生活填評鑑表	旅行	旅行	旅行
12:00~1:30	午餐						
14:00~17:00	聽課回饋教學檢討批改作業備課	聽課回饋教學檢討批改作業備課	聽課回饋教學檢討批改作業備課	聽課回饋教學檢討批改作業備課			
17:00~18:00	晚餐						
18:00~18:30	定個別談話主題	定個別談話主題	定個別談話主題	教師書寫學生報告			
18:30~20:30	個別談話情境對話	個別談話情境對話	個別談話情境對話				1.討論下周工作細節 2.交學生報告初稿
20:30~22:30	備課會議	逐一討論學生學習情況					

書寫報告：學生結業時，除成績單外，還會收到一份書面學習報告，內容包括語文能力、學習表現、給家長和未來

老師的建議三大項。「語文能力」是說明學生在語音、語調、語法、詞彙、溝通、認字、閱讀等各單項的華語能力,「學習表現」則是敘述一個月以來的學習態度、進步情況。「給家長和未來老師的建議」則是教師根據教學所得,對學生未來華文學習所提出的意見。

(五)第四週工作計畫

時間	7/15 週一	7/16 週二	7/17 週三	7/18 週四
7:30~8:00	早餐			
8:00~9:00	各自備課、提醒當日注意事項			錄音口試
9:00~12:00	主題 10:身體健康	主題 10:身體健康	結業筆試	
12:00~1:30	午餐			
14:00~17:00	批改作業各自備課	批改作業準備結業考試	改考卷核算成績	繳交學生報告發教師評鑑
17:00~18:00	晚餐			離營
18:00~18:30	定個別談話主題	定個別談話主題	惜別晚會	
18:30~20:30	個別談話:成段敘述	個別談話:成段敘述		
20:30~22:30	備課會議、檢查期末考考題、準備器材		整理資料檔案	

五週的工作計畫,是學生的學習過程也是新教師的養成過程,與華語教學相關的基本工作程序,新教師都實際操

作、修正了至少一次。這樣學、教、修正、再學、再教、再修正的設計，我把它稱之為「教學相長的夏令營管理模式」。

五、評鑑與回饋

「體驗營」的教學是否達到預期理想，不難從學生兩次的錄音口試、筆試結果來說明。此外，為了瞭解教師的具體教學情況，營隊結束前，統計了學生填答的教師教學評鑑表，十項的總平均為 4.52，這對任何教學團隊而言，都是相當好的成績，也奠定了新老師日後教學的信心。

教學評鑑結果

	評鑑項目	全體平均	最高分教師
1.	教師是否為該課做了完善的準備。	4.7	4.9
2.	課堂上教師是否精力充沛且充滿教學的熱情。	4.6	5
3.	教師是否樂於傾聽並能了解我的問題。	4.6	4.9
4.	教師是否能清楚扼要地回答我的問題。	4.5	4.9
5.	教師是否有耐心，且支持鼓勵我。	4.5	5
6.	教師是否仔細糾正我的錯誤。	4.5	5
7.	教師是否把重點放在教科書和該科主題上。	4.4	5
8.	教師是否能提供我足夠的發言機會。	4.6	4.8
9.	教師能適當、有效地利用課堂時間。	4.3	4.9
10.	教師的教學法有助於我的學習進步。	4.5	4.9
	平均	4.52	4.91

（說明：5.excellent, 4.good, 3.average, 2.below average 1.poor）

　　若從培訓教師的角度來看，分數的高低也許不是最重要的。培訓者所看重的是在教與學的過程中，新教師增加了何種經驗？做了哪些反省？提升了多少專業能力？以下是從新教師的教學札記中，擷取出來的成長片段與教學反省。

之一：**我明白了當老師的樂趣！**

> 　　我曾經想過一個問題，當老師的好處在哪裡？而我在這一次的營隊裡找到了答案……最後一天我滿感動的，因為學生的家長來向我道謝。我想也許我沒有那麼好，真的能讓他兒子對中文產生興趣，但是<u>家長的鼓勵，像是一劑強心針，我突然間覺得這個月的辛苦都值得了</u>，這種感覺像是你的努力被肯定了。那一刻我終於體會了當老師的樂趣。我想，<u>當老師的樂趣就在你把你的知識傳遞出去，你認真的工作，你的學生真的從你身上學到了知識，而他們也喜歡你教給他們的東西，那就是當老師的快樂了。</u>（娟）

之二：**做個會思考的老師！**

> 　　上課的時候，我感覺到，他們真的很快樂。他們真的喜歡聽我說故事，而就某方面來說，那些故事也變成了一種教材，因為從裡面發展出來的生詞，他們似乎比較容易吸收；每次重提這些故事時，也會讓學習者興致盎然……我真的很感激上

天給了我一個這樣的機會……<u>現在的我，常常思
考著以後我要怎麼做才會讓學生學得有趣又充
實，雖然這份工作才剛結束，以後的事情也很難
說，但我真的覺得這次的結束是我生命的另一個
開始，而我也很認真的以這個唯一、既有的經驗
做基礎，開始為下一次而努力。</u>（文）

之三：用真心陪學生走一段！

學生每天有二十分鐘跟不同老師個別談話的時
間，這樣的設計真是非常好，利用這段時間，可以
較深入地了解每一個學生的特質與個別的需要，亦
能針對其不同的需要給予最直接的協助，學生能藉
此表達他們的想法、主張。<u>而我總是從個別談話中
汲取動力，因為在那裡能夠貼近最真實的他們，聽
他們說一個一個的故事，陪著他們想，陪著他們
說，在那裡有語言，更有心靈的交流，有不同想法
的激盪與創造。</u>接近尾聲的那幾天跟自己班上學生
個別談話，幾次眼淚偷偷濕了眼眶，因為看到他們
那麼迫切地要把中文學好。（婷）

之四：做個能將心比心的老師。

印尼學生都很好學，我在教他們的過程中很快
樂。每天我都問自己該如何讓他們在這短短的二
十幾天裡學到更多。……<u>在教學時，我不斷回顧
自己剛學華語時候所面臨的困難，然後設法去瞭</u>

解學生的問題並且盡量幫助他們。以前的我學華語時多半都是被動的，而且上課很單調。那時我沒有機會來臺灣參加這種夏令營。現在他們有機會來臺灣，我真的希望能夠多教他們一些……印尼學生大多數比較被動，不願主動發表，就如當初的我一樣。我覺得自己有責任讓班上的每一個人都有自信的開口說華語。就如宋老師之前說的：「在教語言時，沒有老師，只有教練。」老師和教練不同的是教練必須引導學生，讓他們能夠正確地使用這個語言，像一位游泳教練必須看到學游泳的人會游泳才算成功。語言不是學校裡的某一堂課，它是一種工具，一個學生必須學會使用的工具。（鳳）

之五：「愛」是不可或缺的教學秘方。

　　一個月來的教學使我受益匪淺的是學到如何培養良好的師生關係。由於教學的對象是華僑學生，年齡不一，學習華語的動機各不相同……為了達成有效的教學，除了改善客觀的教學環境和技巧之外，此時教師與學習者的互動更具關鍵性，良好的互動可以促進學習者對中文的興趣與動機。一個月來，我發現「愛」是不可或缺的教學秘方……教師方面，憑著神的愛，有勇氣在學生學習氣氛低靡時，相信「我栽種了，亞波羅澆灌了，唯有神叫他生長」（林前 3：6），而能不氣餒地持續付出；學生方面，

因為有同樣的信仰，能夠瞭解這份愛是「從天父而
來的愛和恩典」，珍惜教師們辛苦的付出，表現在
華語的進步上。（宜）

之六：流淚撒種，歡呼收割。

我每天早出晚歸，經常都在和備課賽跑，因為必
須費盡心思，用最簡單的方法，讓學生懂得華語
的某些概念。清晨的新竹真的很舒服，空無一人
的保齡球館更是備課的好地方。從宿舍到教學大
樓的路上，有時就會和趙老師一路唱著詩歌，讓
我覺得每一天都是新的開始，能有新的活力，繼
續奮鬥下去。……在結訓典禮上，許多老師們都
留下了不捨的淚，我想那些眼淚，除了離別時的
不捨之外，應該還有另一番的意義。這一路上走
來，有許多的努力和挫折，而一切都是靠著好夥
伴的提攜、鼓勵才能順利完成。我想，留下的眼
淚也可以說是對自己的一種肯定吧！2002 年的
暑假，對大家來說，都是一段永遠不能忘懷的美
好時光。（琦）

　　華語體驗營結束後，新老師已具備了教華語的基本能
力，更寶貴的是他們肯努力學習、互助合作，回顧艱辛的一
個多月，一群青澀的社會新鮮人從興奮、緊張、疑惑、超越
到成長。他們一面學習華語教學，一面適應著異於大學閒適
生活的工作壓力。結業時夏令營學生的成長固然令人欣喜，

然而最令人感動的是年輕老師專注教學時臉上散發的光彩。

回首前塵，在從事華語教學的過程中，我親眼目睹海峽兩岸在這個領域上的實力消長，或有人說，對岸挾其強大的資源攻佔全球市場，致使臺灣毫無伸展的空間，但這真的是我們從優勢轉為劣勢的主因嗎？「以英語為第二語言教學」（Teaching English as a Second Language）的學門在全球蓬勃發展，臺灣有許多大學的外文系也以此為教學重點，而「以華語為第二語言教學」（Teaching Chinese as a Second Language），多年來在臺灣卻未受到應有的重視。

一九九二年開始，我多次在美國、大陸不同的機構中擔任華語夏令營的教學、管理、培訓工作。「華裔青少年華語文及福音體驗營」是我第一次在自己生長的土地上負責這樣的工作，相信只要有好的養成教育，臺灣新世代的教師同樣能展現華語教學的實力。

附錄一：家長來函──一位母親的來信

Albert's mother

The night before my son flied to Taiwan from Hong Kong, he was very anxious. He could not sleep and just fooled around in his bedroom. My son learnt Mandarin since his first grade, and now he is seventh grade. But he has no confidence in his Chinese ability. Now, he had to go to a Chinese camp for four weeks! Imagine that, four weeks! No wonder he was nervous. He then turned to me, "Who gave you this terrible idea to go to a Chinese camp?" Surely, he spoke English. He sounded like almost crying. I comforted him and prayed with him. But he could not be relaxed.

After he joined the camp, he did not call me. I guessed the roaming phone service did not work. I waited and waited. Finally, I got his email. He said, "I am doing fine. But people here expect too much from us. Most of us cannot speak fluent Chinese!" At least, he did not say he hated the camp! A couple of days later, I finally got his phone call. Surprise! Surprise! Surprise! He spoke Mandarin to me, from the first word to the last word! I never heard him speak Mandarin so long!!! Usually, I spoke Mandarin to him, and he replied back in English. Now! He was speaking Mandarin!!! What happened? A few days later, he called again. Now he told me more details: what he was doing in the camp, where he visited, and he studied hard in Chinese. I was very thankful to the Lord and was wondering what changed him.

Guess what? Three weeks were gone, and he told me this: "Mom, I worked very hard in Chinese. I did well in tests. To learn Chinese is fun!!" I could not believe my ears. Chinese is fun? What? Then, I went to his ceremony on the last day. He looked happy. He got a good prize. The ceremony was very touching. I could tell students enjoyed the camp, and all of the coworkers worked very hard. I listened to the coworkers' sharings carefully. My husband and I have experiences being in charge of the Gospel camp in our ministry, but that lasted only two days. Now, four weeks for the Chinese Gospel Camp. The work amount must be huge. I read their morning devotional book. I was very very touched by their efforts. I am very thankful to the Lord for these precious brothers and sisters and teachers. No wonder my son changed his attitude toward Chinese. The Lord indeed blessed my son through this Chinese Gospel Camp. When I shared my son's situation with Teacher Huang, she shed tears. I believe those are tears of joy. I want my son to learn Chinese. It is not only for the reason that Chinese culture is beautiful but also I am wondering if the Lord will use his Chinese some day. We live in Hong Kong. I see many missionaries in Hong Kong study Chinese very hard jsut for the purpose of sharing the Gospel with more Chinese. If a foreign missionary tries his best to learn Chinese, surely, I surely hope my son can learn Chinese better.

Finally, I would like to say thanks to all of the coworkers and teachers. Thank you for all of your efforts in the Lord. May the favor of the Lord our God rest upon you; establish the work of your hands for you, yes, establish the work of your hands.（Psalms 90:17）

From a mother

附錄二：本週備忘錄

本周備忘錄 Memo of The Week

感謝神，上個星期在學習上、生活上我們都有了很大的收穫，這個星期我們還要向前邁進。

Puji syukur kami kepada Tuhan karena kami telah belajar banyak dari kelas dan kehidupan kami minggu lalu. Minggu ini kami akan lebih giat dan lebih maju.

本周的學習要點如下：

Focus pelajaran Bahasa Mandarin minggu ini adalah sebagai berikut:

1. 本周開始，在學習上我們將聽說讀寫並重。每天第一堂課的重點是聽和說，因此老師每天會請同學做一個小演講，演講的表現算一次小考。

   Mulai minggu ini, kami akan memfokus pada mendengar, berbicara, membaca dan menulis（secara merata）. Pelajaran pertama setiap hari akan difokuskan pada mendengar dan berbicara. Guru akan menugaskan murid membuat pidato kecil setiap hari. Nilai hasil pidato akan dijadikan nilai ujian setiap hari.

2. 第二堂課的重點是讀寫，老師會從最基本的漢字開始複習，希望在這個夏天裏，同學能學會五百個基本的中國字，我們把五百個字分成十六級，有十六份講義，每級有一個考試。同學可以按照自己的學習速度學寫字，學好了就在個別談話的時間找老師考試。所以最後你的寫字成績是你會了幾個字，完成了第幾級，而不是 ABC。

Fokus pelajaran kedua adalah membaca dan menulis. Guru akan mengulang pelajaran dengan murid dari yang paling dasar. Diharapkan murid dapat menguasai 500 karakter dasar dalam bahasa Mandarin pada musim panas ini. 500 karakter Mandarin ini akan dibagi menjadi 16 tingkat dengan 16 handouts. Ujian akan diadakan per tingkat. Murid dapat belajar sesuai dengan kecepatan dan kemampuan belajar masing masing. Murid yang telah siap menghadapi ujian menulis, dapat memberitahu guru saat kelas individu berlangsung. Ujian akan diadakan pada kelas individu. Nilai menulis akan dinilai berdasarkan jumlah karakter dan tingkat/level yang telah dikuasai（tidak akan dinilai dengan menggunakan skor A,B,C）

3. 學中文需要花時間也很不容易學好，希望大家有耐心。如果你在學習上還有疑問，或是希望學得更多更好，請在星期一到星期四晚上六點三十分到七點三十分到 707 教室跟宋老師討論。我們會盡最大的努力幫你突破學習的障礙。
Belajar bahasa Mandarin tidaklah mudah dan memerlukan waktu. Kami berharap Anda memiliki kesabaran yang cukup. Jika Anda memiliki pertanyaan/masalah dalam belajar, atau memerlukan nasehat dalam belajar lebih banyak dan lebih baik, Anda dapat mendiskusikannya dengan Bu Guru Sung di Ruang 707（ Senin~Kamis, pukul 6:30~7:30）

4. 最後，希望大家都能快快樂樂學中文。
Akhir kata, Kami sangat berharap kalian dapat belajar bahasa Mandarin dengan senang hati.

附錄三：教學活動講義

打電話（To make a phone call）

一

A：請問趙老師在不在？　　　Is Zhao Laoshi there?

B：請等一下。　　　　　　　Please hold on.

二

A：請問趙老師在不在？　　　Is Zhao Laoshi there?

B：對不起，他不在。　　　　I'm sorry. She is not here.

A：我可以留話嗎？　　　　　May I leave a message?

B：可以，請說。　　　　　　Sure. Speaking.

A：我想跟他借_____，　I want to borrow _____ from her，

　　請他明天上課拿給我。　Please tell her to give it to me

　　　　　　　　　　　　　tomorrow at class.

B：好的，沒問題。　　　　　No problem.

A：謝謝，再見。　　　　　　Thanks，good bye.

三

A：請問黃老師在不在？　　　Is Huang Laoshi there?

B：我就是，請問你是哪位？　Yes, I am, May I know who you are?

A：我是_____　I am_____.

B：有什麼事嗎？　　　　　　What can I help you?

A：我想跟你借_____。　　　I want to borrow _____ from

　　　　　　　　　　　　　　　you.

B：沒問題，我明天上課拿給你。No problem, I will give it to you

　　　　　　　　　　　　　　　tomorrow.

A：謝謝老師。　　　　　　　　Thank you, Miss.

B：別客氣。　　　　　　　　　You are welcome.

四

A：請問黃老師在不在？　　　　Is Huang Laoshi there?

B：這裡沒有這個人。　　　　　There is no one with that name here.

A：對不起，我打錯了。　　　　Sorry, I have made a wrong call.

附錄四：華語學習報告

華裔青少年華語文及福音體驗營

xxx 華語學習報告

一、語文能力

a. 語音及聲調

說話過於急切，許多語音含糊不清；"sh, x" 會混淆。在聲調方面，第二聲、第三聲接近，有時會影響聽者辨識其內容。

b. 文法與詞彙

能主動使用的詞彙不少，交談時少有明顯的語法錯誤。不過，xx 吸收新詞的速度稍慢。使用新句型時，容易忽略其正確用法；此外，詞彙的深度稍嫌不足，並喜歡用英語（如：like, if）做為發語詞。

c. 寫字、認字與閱讀

xx 認字的速度能與課程進度相配合，閱讀和書寫能力在這個月中進步了許多，不過，書寫的句子中，仍會出現語法錯誤，字跡也略潦草。

d. 溝通

在聽力方面，xx 能理解長段的敘述及一般抽象的概念。由於吸收新詞速度較慢，領說中偶而需要較長的

反應時間。在表達上，xx 有強烈的發表欲，上課積極發言，口語能力大為進步，但有時說話急切，使老師不易插入糾正錯誤；他在表達複雜想法時，較容易出現不完整的句子，或夾雜英文單字，致使表達不順暢。

二、學習表現

xx 上課認真，會主動發言，師生互動良好。他好學且有主見，敢質疑、敢辨證，是一個積極用腦思考的學生。在準備演講的過程中，他會一再努力去提升自己演講的內容。xx 的問題是說話過於急切，導致條理欠佳、語句凌亂；此外，在課堂上仍改不了說英語的習慣。xx 有兩次遲交作業的紀錄，個別談話也曾缺席。

三、給家長及未來老師的建議

xx 有強烈的表達動機，但由於詞彙不足，使得他在表達時必須用英文填補中文不足的部分。未來，應先幫 xx 減緩語速，讓他有時間去思考如何應用新的詞彙、句型。此外，xx 不耐機械式的學習方式，若能補充一些動態的教材，或可提高他的學習興趣。

教師：

附錄五：聽說口試須知

口試要點

1. 熟讀試題。

2. 請口試教師提前五分鐘到口試地點做準備。

3. 準備好錄音設備（檢查錄音機、錄音帶、電源）。

4. 口試前先按下錄音鍵。

5. 每個句子只領說一次。

6. 前兩個句子可稍慢，以幫助學生適應口試情境。

7. 自第三個句子起，請以正常語速進行。

8. 不改正錯誤，避免一邊考試一邊教學。

9. 過程中不要幫學生把話說完。

10. 教師不要有玩筆、玩手、抖動身體等小動作。

11. 以眼神、微笑表示鼓勵，不必說「很好」一類的話。

12. 學生面有難色時，請在兩秒鐘後進行下一個句子。

13. 不說與領說內容無關的話。

14. 若連續三個句子學生都無法跟著老師說，便可停止領說口試。

15. 學生每個句子都願意嘗試，即使都說錯，也要讓學生做完。

附錄六：批改作業須知

批改作業須知

（一）溝通觀念

1. 書寫、批改作業，是師生另一種形式的溝通，雙方宜認真從事。

2. 作業批改，能體現教師的專業素養、工作態度以及對學生的關注。

3. 作業盡快閱畢、發還，使學生能在印象最鮮明時更正自己的錯誤。

（二）批改符號

1. 錯別字　　例：我加前面有小河，後面有山坡。
（圈出「加」字，旁標「家」）

2. 缺字　　　例：我家前面河，後面有山坡。
（「前面」與「河」之間標「有小」）

3. 冗字　　　例：我家門前面有小河，後面有山坡。
（圈出「面」字）

4. 位置顛倒　例：前面我家有小河，山坡有後面。
（「前面我家」、「山坡有後面」標註顛倒）

5. 句子未完　例：我家前面有小河，後面。
（「後面」後標……）

126

（三）注意事項

1. 作業要給成績。

2. 要求學生隔行書寫，並用統一的作業紙，以利批改、保存。

3. 教師請用紅筆批改作業。

4. 教師批改時字體務求工整並維持紙面整潔。

5. 作業上的錯別字，務必仔細挑出。

6. 請注意學生使用的標點符號是否合乎中文書寫規範。

7. 改作業宜區分層次，對程度低的學生請將重點放在句型、用詞上。

8. 作業中的語法錯誤除改正外，需請學生再做句子練習。

9. 學生若以正（簡）體字書寫，請以正（簡）體字批改。

10. 以簡體字批改時，若不確定寫法，務必查字典，以維護專業形象。

11. 為顧及學生心理，批改作業時雖求正確，但以改動較少為原則。

12. 批改完請加評語（鼓勵的話）、批改日期、教師簽名。

13. 評語要言之有物、學生易懂，文句求簡單通順，避免加入新詞。

14. 作業批改完畢，請檢查後再發還學生。

15. 作業請於當日或次日上課時發還學生。

16. 視作業錯誤程度決定與學生做面對面或書面溝通。

第四章　印尼華語文師資的短期培訓

　　二〇〇一年起，中華民國僑務委員會在各地區積極籌辦
「華文教師回國研習班」，四年來成果輝煌。僅二〇〇三年
就和臺灣的教學機構辦理了十四期，共培訓專業師資三百八
十二人。二〇〇五年暑假，中原大學受僑委會委託，辦理印
尼地區「華文教師回國研習班」。在中原大學承辦之前，其
他單位所提供的課程大都是以第一語言的教學理念，針對某
個年齡層的教學而設計的，並兼有唱遊、美勞、團康等活動。
但是，只要我們回顧印尼華教的發展，就不難發現，經過數
十年的變動，今日的印尼華教已不屬於第一語言教學，而是
第二語言教學的範圍了。過去辦理此課程的理念、作法，需
要做適度的修正。為了完成僑委會交付的任務，也為了提供
遠道來的教師適合的內容，設計此次研習前，我再次回顧了
兩岸學者對印尼社會、華文教育所做的研究，並納入自己與
印尼中、小學教師數次座談所得的資訊，期望經由各面向的
重新思考，建構出較符合當前印尼教師需要的三週課程。本
次研習定位為「學習者中心的師資培訓」，作法是結合臺灣
教師的專業能力，與印尼當地教師肩並肩，一起去面對華文
教學的相關問題。

　　本文依行動過程的先後來描述，首先根據書面、訪問資
料釐清印尼華文教學的瓶頸，其次再針對教學瓶頸擬定本次
研習內容，第三補充說明本課程異於其他培訓課程的設計。

第四敘述研習結束前，我們所得的問卷結果和文字敘述的評鑑。最後，分析了大陸近年來的海外教師培訓策略，以及對臺灣可能造成的影響，提供給僑委會及有心從事華文教師培訓的單位參考。

一、印尼華語文教學的瓶頸

印尼是人口大國，其中華人佔七百萬，也是華人人口最多的海外地區。上個世紀短短數十年間，印尼的華文教育經歷了大起、大落、復甦的過程。二次大戰結束後，印尼地區的華文學校迅速成長、學生激增。根據一九五七年統計，華僑學校有一六六九所，華僑學生達三十萬一千四百〇一人。這是華僑教育發展最旺盛的時期。一九五七年十一月六日，印尼政府頒佈第九八九號軍事條例，即《監督外僑教育條例》，規定從一九五八年起，所有外僑學校禁止招收印尼籍學生就讀，限制外僑教育的進一步發展（黃昆章，1998）。一九六五年發生「九•三〇事件」，華文學校被封閉，學校領導人被抓或受迫害，華文學校的校舍和資產被接管和沒收。到了一九六六年五月，華文學校六二九間全被封閉，學生二十七萬兩千餘人失學。華文學校和華人受華文教育的歷史暫告終結（溫北炎，2001）。

從表面上看，華文的學習管道一夕之間消失了，但是地下的華文教育卻化身為零星非法的補習課程持續進行，有志華教的老師，以自己僅有的知識，在擔心左鄰右舍舉發、警察追捕的種種困境之下，從青年到白髮，默默耕耘。直至一九九九年印尼政府頒布〈列 269/U/1999 號決定書〉，廢除對

民間開設華文補習班的限制性條例，容許民間文教機構自行
舉辦華文業餘成人教育，華文教育才由非法轉為合法（董鵬
程，2002）。二〇〇一年二月瓦西德當選總統，正式宣布開
放華文，華文教育始有了復興的契機，其間的斷層達三十二
年之久。由此推估，目前印尼四十歲以下的教師多未受過正
規的華文教育，自然也沒接受過華文師資訓練了。教師華文
基本能力不足、未受過專業教育訓練，教材與教學資源缺
乏，是多年來印尼華文教育亟需突破的困境。

（一）教師華文基本能力不足

「華文基本能力」指的是聽、說、讀、寫四大語文技能。
一九六六年印尼政府關閉華校時的華校生，是現今印尼華文
教師的主力，但是，經過三十二年的華教黑暗時期，這些教
師的華文能力是否維持當初的中學程度，亦或是下降了，至
今尚未有學者做過研究或是留下可參考的數據。

為了能提供符合教師程度的培訓課程，也為了瞭解一般
印尼教師的華文基本能力，研習的第一週我們為三十九位教
師做了「華語文能力測驗（僑生版）」[23]，並以臺灣小五到高
二學生的測驗結果做為參照標準。結果顯示：華文不到小五
程度的印尼教師有十六名，相當於小五至小六的教師有一
名，相當於小六的有五名，亦即有 58.97％的印尼教師，其
華文程度相當於國內的小學生。華文程度在小六到國一之間

---

[23] 本測驗由教育部僑民教育委員會委託世界華語文教育學會研
發，由柯華葳、張郁雯、宋如瑜負責編製，於二〇〇四年開始
大規模試用。

的有三名，國一的有兩名，國二的有一名，國三的有七名，統計的結果有 33.33％的印尼教師其華文僅有國中程度。華文程度相當於高一到高二之間的有一名，高二以上的有三名，佔全部教師的 10.27％。這樣的數據提供了以下的訊息：

1. 培訓所用的講義、教材需淺顯易懂，盡量減少專業術語。
2. 教師授課時不能空談抽象概念，需以實例為主。3. 加入基本語文訓練，如：發音練習、拼音符號、部首部件、基礎語法等課程。其後我們根據標準測驗的結果，將課程做了調整，增加了基礎訓練與實作的課時比例。以下是測驗的結果：

1. 以年級為對照得分參照表（柯華葳等，2004）

分數 等級	年級等值	測驗類別			
		詞彙	聽力	閱讀	總分
初級	1（小五）	62-66	56-62	54-60	172-188
	2（小六）	68-70	64-68	62-64	194-202
中級	3（國一）	72-78	70-72	66-68	208-218
	4（國二）	80-82	74-76	70-72	224-230
高級	5（高一）	92	86-88	84-88	262-268
	6（高二）	94	90	90	274

2. 二〇〇五年印尼華文教師研習班「華語文能力測驗」結果

	姓名[24]	詞彙	聽力	閱讀	總分	年級等值	比例
1.	X1108	28	52	26	106	小五以下	
2.	T02169	16	76	22	114	小五以下	
3.	S9531	46	36	36	118	小五以下	
4.	H1609	30	50	50	130	小五以下	
5.	6190	60	26	46	132	小五以下	
6.	T2356	30	62	42	134	小五以下	小學
7.	D181	44	54	38	136	小五以下	56.41
8.	76018	34	58	46	138	小五以下	%
9.	E5379	46	68	32	146	小五以下	
10.	K1905	42	82	32	156	小五以下	
11.	T2526	60	56	44	160	小五以下	
12.	TU3649	66	48	52	166	小五以下	
13.	W1603	48	74	44	166	小五以下	
14.	S1075	70	64	34	168	小五以下	
15.	L1155	60	78	44	182	小五以下	
16.	L1988	62	60	60	182	小五以下	
17.	D0921	68	60	64	192	小五～小六	
18.	W5101	60	80	54	194	小六	
19.	Y1953	72	62	62	196	小六	

---

[24] 為了減輕教師測驗時的壓力，我們請教師選一個代號代替姓名，測驗的結果也以代號公布。

20.	C8888	80	54	64	198	小六	
21.	NGHSL	60	82	60	202	小六	
22.	D2989	76	60	66	202	小六	
23.	L3355	76	68	60	204	小六～國一	
24.	S3095	76	72	56	204	小六～國一	
25.	H0508	62	88	56	206	小六～國一	國中
26.	R1706	60	84	64	208	國一	33.33
27.	M2512	80	70	66	216	國一	%
28.	Q007	72	82	76	230	國二	
29.	TX6326	82	84	68	234	國三	
30.	S1608	74	86	74	234	國三	
31.	H3714	90	70	78	238	國三	
32.	DWSENA	88	76	76	240	國三	
33.	T3754	88	80	78	246	國三	
34.	A0964	90	94	72	256	國三	
35.	916	92	94	74	260	國三	
36.	P6079	96	90	86	272	高一～高二	
37.	Doraemon	94	92	92	278	高二～	高中
38.	R6261	98	92	90	280	高二～	10.27
39.	S7838	98	90	94	282	高二～	%

　　若印尼教師的華文程度、文化水平真如測驗所顯示的，相當於臺灣小學高年級或國中的程度，而教學生涯中又缺乏在職進修、適用的教材，那麼教學時傳遞錯誤的語文訊息自難避免。培訓中我們由教師繳交的作業、課堂的教學演練再

次印證了測驗的結果。印尼教師的書面、口語表達中明顯存在著：發音不標準、錯別字、筆順不規範、語法偏誤等問題，然而，語文能力，不易在三週內迅速提升，為此，我們編寫了一本《華語文基本能力訓練》手冊，讓教師帶回印尼自修，內容包括：改善錯別字的〈三百個易誤寫的正體字〉、〈一百八十組中學生容易混淆的漢字〉，提升基本語法能力的〈現代漢語詞類表〉、〈漢語常用句型〉、增加詞彙量的〈熟語彙編〉，以及與臺灣社會接軌的〈生活常用短語〉、〈社會新用語〉等。

（二）教師教學能力不足

印尼禁華文期間，華文缺乏傳遞管道和使用環境，其得以延續靠的是學生自學、家學和非法的補習教育。當地的教師雖有滿腔的熱忱，但由於種種客觀限制，實無法展現出理想的教學品質。有以下的情況：

第一，教師發音及聲調不標準，無法正確示範語言或進行口語練習；學生缺乏合適的模仿對象，學習起點便發生偏差，常在不知不覺中模仿了教師不標準的口音，逐漸形成不正確的發音習慣，產生了第二語言學習的「化石現象」。例如：「yu」（ㄩ）音，在印尼語中沒有這個音，許多教師會將「yu ㄩ」（ㄩ）簡化為「yi」（一），因此「學生」發成「諧聲」、「吃魚」發成了「吃宜」。此種以「yi」（一）代替「yu」（ㄩ）的偏誤，亦普遍呈現在返臺求學的印尼僑生的語言表現上。

第二，教師欠缺以華語做為第二語言教學的知識，課堂

上不能應用有效的語言訓練（drill）方法，即使教師投注了
大量的精力而學生的學習成果仍很有限。另一個隱憂是，因
部分教師教學不得法，至今仍以死記、硬背、多寫字做為主
要的教學策略，致使學童失去學習的興趣，有的因此中斷了
華文學習。

（三）缺乏合適的教材

在華文的黑暗時代，全國找不到中文書，任何印有漢字
的紙張都不准進入印尼。教學用的教材是老師憑自己記憶寫
下來的，教師華文能力的極限，就是教學的極限。

華文教學解禁後，不少兒童補習班開始使用菲律賓版、
新加坡版的教材，以及由「雅加達臺培教育中心」前任會長
翻譯的《五百字學華語》印文版。就教育心理的觀點來看，
教材除了要顧及學習者的語文程度，亦需考慮其生理、心理
年齡的發展及其所生長的環境，因此無論是菲律賓版的華文
教材或是印文版的《五百字學華語》，都不是專為印尼地區
學習者編寫的課本。如今教材編寫的理念已由大眾走向分
眾，編教材時要考慮特定地區、特定年齡層學習者的特殊需
要。印尼地區亟需的是各年齡層（成人、青少年、學童、學
齡前）、各種程度（初、中、高）、各語言技能（聽力、會話、
閱讀、書寫）的中印對照教材，且內容需以學生生活為背景，
才能提高學習的興趣與動機。

教材種類不足，未能符合教學需求，讓印尼的華文教育
雪上加霜。然而，編寫教材是不能假外人之手的，其他地區
的教師僅能提供技術的支援，而主題與架構必須由瞭解當地

情況的印尼教師自行設計。鑑於教材的需求殷切，而印尼教師普遍缺乏此經驗，因此，本次培訓亦將「教材編寫」列為實作重點，並期待教師在聽課、討論、實作之後，能做出具體的成果。

二、學習者中心的課程規劃

（一）海外華文教師所需的知識結構

　　海外華文師資培育需考慮的面向不同於國內，海外所面對的環境多不利於華文教學。以印尼為例，不利的因素有：缺乏提升教師能力的管道、現有的教材不適用、班級人數過多、教學時數少、學生華文程度差異大等。常見的例子是，受了全球華語熱的影響，私立中、小學紛紛設置華文課，以吸引新生入學，但由於師資不足，一位華文教師教五、六百名學生的情況比比皆是，一個班級每週能分配到的華文課僅一、兩堂，而且是六、七十位程度參差不齊的學生一起上課。身處此種情境中的教師，不僅需要有較好的語言教學能力，應付大班課程，教授不同程度的華文，還要瞭解如何利用相關資源、媒體以提升教學效率。教師所需的知識橫跨了中國語文、教育學、心理學、外語習得、多媒體等範疇，為此，我們草擬了未來有競爭力的華文教師應具備的能力，並以此做為課程規劃的參考：

1.　具華語的應用（聽、說、讀、寫）能力和教學所需的漢語知識（語音、語法、詞彙、漢字）。

2.　為負擔各類型、各程度、各年齡層的華文教學，需

具備第二語言教育的專業知識和應變能力。

3. 有獨立作業的能力，如：課程規劃、班級經營、教材編寫、活動設計、教學評估等能力。

4. 能利用相關媒體、網路資源、教學技術提升課內、課外教學的效率。

（二）印尼華文師資培訓課程規劃

為了將研究成果落實於本次研習，我們做了以下的規劃[25]，首先將課程分為提升華語教學能力的「專業科目」與瞭解臺灣社會的「本土文化課程」兩大類。在「專業科目」下又分成 1. 總論：華語做為第二語言教學的全球趨勢、教育理念。2. 華語本體知識：華語教師本身應具備的漢字、語音、語法、文學、資訊等基礎知識。3. 華語教學知識：聽、說、讀、寫及語音、語法在教學上的操作技巧。4. 教學實作：即語言課程規劃、教材編寫、模擬教學等實際教學能力的操練。

「本土文化課程」是為了讓海外教師對臺灣的政治、經濟、教育、文化古蹟、風土民情等有一具體概念而設計的。過程中，為使來自印尼的教師更認識臺灣，在參訪的同時，也安排了座談會，例如在中原國小舉行的印尼與臺灣教師的雙向交流座談會，不僅讓來訪的印尼教師實地瞭解了臺灣初等教育的現況，也讓本地的教師更清楚海外華人教育的問題與需要。

---

[25] 二〇〇五印尼華文教師回國研習班課程，請參附錄一。

三、課程目標與實踐

印尼的華文教育可以百廢待興來形容，此次規劃的一〇五小時研習，自然無法解決所有的教學問題。在有限的時間內，我們設定了三個主要目標：一、加強語音教學，並為教師校正發音。二、建立以華語為第二語言教學法的概念，並請教師做模擬演練。三、提升編寫教材的能力，並以具體作業驗收成果。為順利達成目標，也做了相關的安排與規劃。如：異質交流的合作學習、有計畫的發音練習、行與思結合的模擬教學、從做中學的教材編寫。以下分項說明：

（一）異質交流的合作學習

考慮在四十人的大班教學中，授課教師可能無法顧及印尼教師的個別需要，特在研習中安排了八位中原大學應用華語文學系（以下簡稱應華系）同學擔任教學助教，與印尼教師一起上課、討論、複習、完成作業，並適時解答課業疑難。其中有三位同學住在宿舍裡，協助印尼教師解決生活上的突發事件。我們將印尼老師和應華系學生分成八組，每組六人，即五位印尼教師和一位應華系同學組成一個學習小組。來自印尼的教師有豐富的華文教學經驗，但對臺灣的新詞彙、社會用語、教學法、電腦輔助工具等不熟悉；應華系的同學雖缺乏正式的教學經驗，但在語文運用、電腦操作、資料收集等方面能力較佳。經由兩類生活背景完全不同的學習者密切交流、合作，終於完成了教學設計、模擬教學、教材規劃與編寫等任務。

（二）有計畫的發音練習

　　每天早上有十六位應華系的同學為印尼教師做三十分鐘的一對二或一對三的發音練習，練習的重點有三：一、針對印語中欠缺的華語語音成分加強訓練。二、修正印尼地區長期以來的錯誤發音教學。三、針對受了南方方言影響的偏誤口音做校正。

1. 印語中欠缺的華語語音成分

　　經由研究比對得知，印語中欠缺的華語發音是有規律的，明白此規律，將能減少教師教學時摸索的時間，大致的規律如下：

　　（1）印語無聲調。

　　（2）印語中無華語的送氣聲母：p（ㄆ）、t（ㄊ）、k（ㄎ）、c（ㄘ）、q（ㄑ）。

　　（3）印語中無華語的舌尖後音：zh（ㄓ）、ch（ㄔ）、sh（ㄕ）、r（ㄖ）。

　　（4）印語中無華語韻母中的撮口呼：ü（ㄩ）。

　　（5）印語中的 ie（一ㄝ）不做韻母。

　　應華系的同學根據準備的教材，經由定調練習、發音比對、梯形練習等策略逐步為印尼教師找回較正確的發音方法，而此練習的內容、方法，印尼教師亦可運用在僑居地的教學中。

2. 修正印尼地區長期以來的錯誤發音教學

　　學習新語言時，大都會先學一套能描述該目標語的拼音系統，然後以此做為掌握目標語的工具，但在印尼不少以成人為教學對象的華語補習班，卻採取另一種教學策略。他們不為學習者建立一套新的、標準的發音系統，而是以學習者已知的印尼語來拼華語。此作法面臨的問題是，當遇到華語有而印尼語中沒有的聲音時（如捲舌音、送氣音），教師就得找一個接近的音來代替，代替的結果，便產生了兩個不同的華語音位在印尼語中混而為一的情況。我在比對相關的中印資料、字典中發現，其不約而同地都以此為標音方式，可推知這樣的作法在印尼已行之多年，甚至已成了固定的教學策略了。由此可知，印尼學習者的華語語音偏誤，不只來自其母語與華語的差異，也可能是由錯誤的語音認知所造成的。從資料中歸納出以下易誤導學習者的規則：

（1）　印尼拼法以 ch 代表華語的 c、ch，又因為印語中沒捲舌音，使學習者產生以平舌音兼發捲舌音的偏誤。

　　例：擦（ㄘ）→cha、茶（ㄔ）→cha，參（ㄘ）→chan、產（ㄔ）→chan

（2）　印尼拼法中 s 代表華語的 s、sh，使學習者產生以平舌音兼發捲舌音的偏誤。

　　例：山（ㄕ）→san、三（ㄙ）→san，色（ㄙ）→she、舍（ㄕ）→she

（3）　印尼拼法中 c 代表華語的 z、zh，使學習者產生以

平舌音兼發捲舌音的偏誤。

例：雜（ㄗ）→ca，在（ㄗ）→cai，這（ㄓ）→ce、
戰（ㄓ）→can

(4) 印尼拼法中 si 代表華語的 xi，使學習者產生以舌
尖前音兼發舌面前音的情況。

例：西→si，下→sia，新→sin

(5) 印尼拼法中以 el 代表華語的 er，因為印語中沒捲
舌音，故以 l 代替 r。

例：而→el

(6) 印尼拼法中以 i 代表華語的 ü，使學習者規律地將
所有 ü 的音對應成 i。

例：魚（ㄩ）→yi， 衣（一）→yi

(7) 印尼拼法中以 j 代表華語的 r，而 j 非捲舌音。

例：然→jan，日→je，讓→jang

(8) 華語 ie 的音，印語中找不到對應的音，有的字典
則略去。

例：滅（mie）、謝（xie）、撇（pie）、跌（die）

3. 南方方言的影響

　　印尼華人多數是閩、粵兩省的移民，其中又以說福建閩
南話（當地稱為福建話）的最多，其次是說客家話的粵東、
閩西的移民（高然，1999）。在印尼華人社會中，閩南話長
時間在廣大地區中是通用的方言。因此，華人在以華語溝通
時，難免受方言的影響。類似臺灣國語的發音現象，清楚地
呈現在印尼華人的語言中。約有以下幾類：

（1）　前鼻音代替後鼻音，聲隨韻母 an、ang 的混用，然
　　　　而這些音在印語中均需清晰分辨，因其指向不同的
　　　　音位，混用的原因是來自福建方言。

（2）　n、l、r 混淆。舌尖鼻音（n）常與邊音（l）混用，
　　　　且是雙向混用，如舌尖鼻音發成邊音，反之亦然。
　　　　而此兩者都會與舌尖後濁音相混，「然後」的然
　　　　（ran）有人說成 nan，也有人說成 lan。

（3）　舌尖後音少見。南方華語中，說話者經常將舌尖後
　　　　音發成舌尖前音，亦即，在自然對話時捲舌音已經
　　　　不容易聽到了，而印尼華語學習者亦受了影響。

（4）　把 uo 發成 ou，是發音時口形由小變大的問題，這
　　　　與臺灣常見的用「偶」代替「我」的發音習慣一致。

（三）行與思結合的模擬教學

　　為使印尼教師能在最短時間內吸收、熟練教學法，以提
升教學品質，設計了「行與思結合的模擬教學」，其主要的
方式是操練、反思、修正、再操練。我們使用的教材都是易
懂、易學、易用的內容，操作的方式是先溝通觀念，再輔以
簡單的說明，之後教師再以實際演示來呈現教學理論，待學
習者掌握該方法後，由每組輪流做模擬教學並拍攝成數位影
片，模擬教學完畢後進行討論，提供改進意見。整個流程是
以導入概念、作法介紹、實例驗證、輪流演示、評估討論、
反省修正等步驟來代替傳統的聽講與記憶。

　　由於參加本次研習的多為小學教師，根據研習教師的經
驗認為在諸多教學法中，說故事最能引發幼童的學習動機。

因此，培訓時便增加了「故事教學法」[26]，期以說故事的型態，切入第二語言的教學，並帶入口語練習技巧，讓研習者從最熟悉的教法中逐步更新觀念，提升教學。

（四）從做中學的教材編寫

　　缺乏適用的教材，幾乎是全球華語文教師共同的問題。無可諱言，由於編寫教材者本身語言能力的限制，絕大多數的教材是中、英對照的。我們不能預設所有學華語的人，都懂得英語，因此讓印尼語的母語者透過英語來學華語，可能就不是最好的辦法，甚至會產生雙重的語言障礙。臺灣的華文教師雖有較多編寫教材的經驗，但是不易體會海外第一線教師的需要，且多不能以學習者的母語來編寫教材，因而中印文對照的華文教材極少。為了解決印尼華文教材不足的問題，較可行的方案是提升當地教師編寫教材的能力，首先我們提出了編教材的思考方向、步驟、範例等供印尼教師參考[27]，並請教印尼教師根據自己的教學情境構思合乎需要的教材大綱，過程中負責課程的教師亦會分別與各組教師、助教討論，並提供修正意見，結訓前，八組都做出了自己的教材大綱，以下是各組的主題、課程類別：

---

[26] 〈故事教學法大綱〉，請參附錄二。

[27] 〈華語教材製作與發展教學大綱〉，請參附錄三。

組別	教材名稱	學習者	類別	特色
一	小動物唱兒歌	幼童	聽說練習	由兒歌的韻律到華語聲調的學習
二	商用華文	稍具基礎的成人	閱讀訓練	精熟一般商業用語
三	生活華語	小學的初學者	綜合課程	以家庭生活為中心的華語課程
四	好學生基礎漢語	小學的初學者	綜合課程	以學校生活為中心的華語課程
五	華語生活會話	成年華語初學者	口語訓練	以溝通為中心的華語課程
六	幼兒學華語	幼童	綜合課程	以幼童日常生活為中心的華語課程
七	美麗的印度尼西亞	中學生	閱讀討論	以印尼鄉土文化為中心的華語課程
八	旅遊口語速成	成人	口語訓練	以旅遊為中心的華語課程

其中第七組設計的教材《美麗的印度尼西亞》最特別，它是以印尼風土文化為背景所編寫的中級閱讀討論課本，其內容與學習者本身經驗相關，能引發學習者的興趣，且教學者亦能就地取材找到適合的教具與補充材料，這在華語教材編寫上是新的嘗試，也是值得努力的領域。規劃的十課內容如下：

第一課　多巴湖的故事（Cerita tentang Danau Toba）
第二課　日惹（Yogyakarta）
第三課　日惹佳餚（Masakan Khas Yogyakarta）
第四課　莎發麗公園（Taman Safari）
第五課　火車（Kereta Api）
第六課　印尼迷你公園（Taman Mini Indonesia）
第七課　夢幻世界（Dunia Fantasi）
第八課　順達餐廳（Restoran Masakan Sunda）
第九課　海上旅遊（Wisata di Laut）
第十課　中餐（Masakan China）

四、評鑑與回饋

在研習班結束前，我們照例進行問卷調查，請印尼老師為課程安排、人員服務、參訪活動等項目做評鑑，另外，我們也請參與研習的成員以文字寫下三週的學習心得，從字裡行間我們看到印尼老師與本地大學生的良性互動，也喜見本地同學因此學到了課本上學不到的知識、人生經驗，最珍貴的是兩地的同行建立起深厚的情誼，並對華文教育產生了更積極的態度。

（一）培訓課程評鑑

我們針對三週的培訓活動，列出了十個項目，所有項目的平均為 4.78。其中滿意度最高的三項分別為：行政人員（4.92）、教學助教（4.90）、教師（4.87）。得分較低的是飲食（4.46）一項，但仍然介於 good 和 excellent 之間，這也提醒我們未來在接待海外團體時，除了謹慎評估專業的課程需求之外，還需要關照對方的飲食及生活習慣。

（說明：5.excellent, 4.good, 3.average, 2.below average 1.poor）

項次	評鑑項目	平均
1	對研習課程的滿意度	4.85
2	對參觀活動的滿意度	4.62
3	對教師的滿意度	4.87
4	對行政人員的滿意度	4.92
5	對教學助教的滿意度	4.90
6	對兩天一夜旅遊的滿意度	4.75
7	對教室設備環境的滿意度	4.85
8	對宿舍設備環境的滿意度	4.79
9	對研習期間飲食的滿意度	4.46
10	對整個研習活動的滿意度	4.82
	總體平均	4.78

（二）印尼教師心得

1. 專業知識技能的成長

　　許多教師在心得中都敘述了培訓課程所提供的具體幫助，例如：利用網路尋找教學資源、自己試編教材以解決當前教材不足的問題。以各科教學法、教學實作，協助教師逐步解決當前的教學疑難。

之一：我發覺到本年度的研習著重於發音練習、教學設計、教材編寫、說讀聽寫漢字教材實作、課程與教材規劃、教學討論以及華語語法難點等，這都是我在教學方面所要面對的難題，經過老師指點後，使我更深一層的知道該如何去解決這些難題，<u>譬如缺乏教材，我可以試著去編寫一些適用的教材，更可貴者是經過全球華語網路介紹後，使我知道如何上網取材。</u>（黃）

之二：<u>課程中我學到最多的就是教學法，我發現了更多和孩子互動的方式，也趁這個機會思考自己在教學上可以再改進的地方。</u>（曾）

之三：這次培訓課程安排得很緊湊，讓我學到很多知識，有一些課程是我以前沒學過的，如<u>文字學，讓我知道漢字的來源，以後我在教導學生時，他們也會感興趣。</u>我也學到如何用遊戲來教語言，減少學生在學習中的壓力，也讓我學到課堂活動的重要。我覺得課堂實作練習或課後作業也給我帶來很大的幫助，讓我有機會實踐我已學到的東西。（游）

之四：臺灣真是一個文化寶庫。在研習班中，我學到了許
多的知識，也大開了眼界。尤其上電腦課的第一
天，敲醒了我的腦袋，知道自己落伍了。<u>最令人滿
意的是，老師還給我們實踐的機會，指導我們的教
學法，使我們在教學方面提升了一大步。在討論的
過程中，我們還能學習到別人的長處</u>。（余）

之五：我在雅加達當了一年多的中文老師，可是我以前從
沒上過師資班，所以我很渴望能學到身為中文老師
應當掌握的知識。而<u>在中原大學我正是學到了很多
有關以科技教中文的教學法。雖然學習的時間很
短，可是我相信那已足夠我面對半年後的教學計
畫。</u>再過三天我們就要回僑居地了。希望在未來的
教學過程中，我能學以致用，<u>把我在中原大學所學
到的一切，傳授給我的學生。使我的學生對中文感
到興趣，能讓他們從各種遊戲中學到中文及中國偉
大的文化</u>。（蔡）

之六：此次回臺參加師資培訓，使我獲益匪淺。我們學到
了不少專業知識，<u>語音的糾正、對外漢語語法別開
生面的教學法，全人教育的概念、電腦網路的妙
用、第二語言教學法的區別、後現代教育教學型態
的趨勢、怎樣編寫教材等</u>。我們貪婪的吮吸教授們
所灑下的每一滴甘露。對於臺灣僑務委員會此次專
業性培訓的安排，我們除了衷心感謝外，將以實際
行動將所學到的知識盡力培育幼苗，以便彌補斷層
的三十二年。（梁）

2. 為年長教師帶來希望

　　從心得描述中，我們看到了這次研習的另一個意義。它為年長的教師帶來希望。目前印尼華文教學的主力，是老的華校畢業生，這批教師多為五十歲左右的女性，其特質為：有文化使命感、具學習動機、充滿教學熱情、瞭解印尼學生，但缺乏紮實的語言教學訓練，以致於教學時信心不足。此次研習，讓教師更新了教學的知識，也提升了教學能力。

　　之一：自從印尼把華文學校關閉後，我就無法繼續上課了，也就這樣，隨著時間慢慢地自學、自讀，華語學習得不好，也講得不正確，而如今能在中原大學參加教師研習班，我已學到了很多的新知識、新學問，也學到了華語教學法和漢語拼音符號和注音，老師的教導給我們帶來了新希望，如今我在老師們的輔導下，已懂得了教導學生閱讀華文的方法，也學到多媒體華語教學法，老師們教導、講解得很清楚，心中很高興、很感激。（沈）

　　之二：想起這幾年來，我們一步一步走下來，坎坎坷坷，有苦也有樂，畢竟我們教學經驗不夠，三十年被禁的華文開放了，補習班如雨後春筍般的開設了，身為華族一份子的我，也不甘落後，鼓起勇氣趕上了教師的隊伍了，但願能把夕陽的餘暉綻發。（孔）

3. 態度觀念的改變

　　對參加培訓的教師而言，第二語言教學、多媒體教學幾乎是全新的知識，經由授課教師的解說後，大家都能瞭解這

些課程對未來海外華語教學的重要。又由於印尼親共的政治環境，不少教師本身就排斥學正體字，在課程中經由文字學教授的學理說明，印尼教師對字體的態度也逐漸開放。

> 之一：在這裡我學到很多很多的教法和想法。每個教材或者早上的發音練習都很有意義。現在我覺得正體字真的很重要、很有意思。以前我想，學正體字那麼麻煩。是你們鼓勵我好好的學正體字呢！（宋）

> 之二：這次研習的收穫很多，值得一提的是有關第二語言教學觀念、靈活和活潑的教學法以及多媒體教學，這些一定能提升學生們的學習興趣和效果。（萬）

4. 發音練習的效用

參加此次研習的印尼教師多帶有方言、印語口音，考慮到印尼教師的教學對象多為初學者，而初學階段的教學，最重要的就是為學生建立正確的發音習慣。如果教師本身的發音不夠標準，便不容易達成教學目標，因此我們在發音教學上投注了較多的人力，每天定時做練習。

> 之一：中原的老師大部分都來過印尼，很了解我們在印尼教學的情況，所以他們教的東西很適合我們。老師每天早上安排我們上發音練習課。我們分成八個組，每一組有五位或四位同學，有兩位小老師教我們。我覺得分組的效果很好，因為小老師可以很仔細的幫我們改不對的地方使我們可以提高我們的漢語水平。（鄭）

> 之二：老師都很仔細，認真的教導我們，尤其是發音練

習，我們的小老師每天用 30 分鐘的時間糾正及指
導我們的發音及聲調，給我們幫助。（顏）

（三）教學助教心得

從助教的心得中，我們也看到意料之外的收穫。印尼老
師以其奮鬥歷程、敬業精神、教學執著，為服務的同學豎立
了良好的學習典範。這三週，不僅讓應華系同學留下了大學
生涯難忘的經驗，也學到了人生中千金難買的課程。

之一：每次和老師做發音練習和討論作業，都讓我更了解
　　　印尼，老師們會告訴我一些印尼的現況，真的和臺
　　　灣差很多，讓人有點不能想像，但這就是他們的文
　　　化，他們生長的地方。我不能確定自己是百分之百
　　　的付出，但我從中得到的收穫，是唸一堆書也得不
　　　來的經驗，坐而言不如起而行，知道再多理論沒有
　　　去實行，永遠也不知道是對還是錯。（蘇）

之二：我最喜歡和老師們聊天的時刻，他們的身上總是有
　　　著挖不完的寶藏。曾經和一位老師聊天，談到她的
　　　教學理念：絕對不會放棄任何一位學生，只要學生
　　　想學華語，都會盡力地把自己所學的毫無保留傳授
　　　給學生，對待學生也一視同仁，對於不想學華語的
　　　學生，更不會剝奪他們學習另外事物的權利。聽完
　　　之後，我除了深深被感動之外，同時給了我很大的
　　　省思，我暗中期許自己也能成為這樣的老師。（林）

之三：這三個星期，雖然短暫卻讓我學到了很多，不只是
　　　課業上，也是待人處事上的，它讓我明白人需要有

責任心，一但下定決心去做某件事就不能半途而
廢，這是印尼老師們教會我的，看他們為了學中
文、教中文所付出的心力，真是值得我們佩服、尊
敬。（蘇）

之四：我晚上陪她們一起討論作業時，每位老師都非常客
氣、親切、有禮，讓我這個小小的助教受寵若驚。
每天七個小時的課程，豐富而多元，雖然累但是卻
充實愉快，我因此對華文領域有了深一層的認識，
也對此產生了更大的興趣。（侯）

之五：這三個禮拜，我學到了很多東西。不僅上課的內容
都很豐富實用，我還學到了跟比自己年長的師長應
對進退時該有的禮儀和態度，實習的經驗是怎樣都
不嫌多的，所以即使必須犧牲一小段暑假的時間也
沒關係，尤其是看到許多印尼老師難得來臺灣，應
該比我這個當助教的更想出去走一走，看一看，不
過因為需要討論課業，就毫不猶豫地放棄了玩樂，
留在宿舍裡將該做的作業完成，這是滿讓我感動的
地方。（鄭）

之六：陪著印尼老師一起上課，能感受到他們上課的辛
苦，但令我佩服的是，竟然沒有一個人覺得累甚至
打瞌睡，連生病了仍然挺著不舒服的身子堅持去上
課。還有的老師隨時注意自己的聲調，連平時說話
聊天時都會忽然問這個字是三聲還是二聲，這樣好
學的精神真令人感動。跟老師們一起上課就像跟大
學同學一起上課一樣，因為他們並不會因年紀大而

失去了天真的一面，他們討論、表演起來，大家一同歡笑、起鬨的樣子，一點都不輸給年輕的學生呢！（林）

之七：那一天，懷著忐忑不安的心情，在臺上獻唱茉莉花，迎接的是三星期未知的課程，以及未知的老師們。「老師」的身分，讓我對華文師資研習班懷有小小的擔心和壓力。等真正見到老師，陪他們上過一兩天的課之後，才發現這些印尼老師們多麼令人驚訝！面對每天緊湊的課程、課後作業及練習，老師無不盡全力完成，晚上還會在宿舍裡和同組的老師互相切磋，整理筆記重點。（侯）

之八：同樣令我印象深刻的是我和另一位老師談到印尼禁中文的那段時間，她說：當時她才十六歲，剛進入華語老師的行業，因為怕被警察抓到，每天都得戰戰兢兢地暗中教別人學華語，每次教學時都提心吊膽，當時，沒什麼教學資源，只好每天從廣播節目中，搜集資料，然後自己製作教材。那時雖然沒有薪水可拿，但是她甘之如飴。這番談話給我更大的震撼，我一直在想：為什麼這位老師在沒有資源、沒有薪水，而且又危險的環境之下，還能夠堅持自己的理念？況且，她當時這麼年輕，要是換成現在的年輕人早就放棄了，她卻能夠付出所有，無怨無悔。可想見她對中華文化的深切使命感和無盡的愛，我的內心深受感動之餘，覺得自己好幸運，身處在安定的時代裡，能夠毫無後顧之憂地讀書，

在這幸福的時光中我更應該珍惜每一天。（貞）

之九：每天早上上課前有半個小時的「晨操」，由我們助教帶領印尼老師做發音練習、定調練習。每天練習的時間不長，我看到自己組上的老師一天比一天進步，能快速地分辨聲調，喜悅之情也盡在不言中了。當然自己也成長、進步了，因為以前的我華語發音也不怎麼理想，為了教人，只得下苦工，力求正確無誤。藉著這次助教的經驗，讓我更瞭解實際華語教學的進行模式，更清楚知道自己所學何用，也更確認自己未來想走的就是華語教學這條路。（志）

五、他山之石的參照

與印尼教師相處三週，有了深入的交流後，清楚地意識到，從量的角度觀之，無論官方或民間，印尼的華文教育已逐漸向對岸靠攏。雖然臺灣政府從未放棄印尼的華教，但也並未隨著印尼社會情況的改變，挹注足夠的教學資源，因此給予了對岸見縫插針的機會。

一九九九年印尼的華文教學重新開放後，數百所中文補習班如雨後春筍蓬勃興起，印尼一躍而為兩岸華教角力的新戰場。在臺灣僑委會精心規劃青少年語文班、師資培訓班以期逐步提升印尼華教的同時，大陸的「對外漢語領導小組辦公室」、「國務院僑務辦公室」也以其龐大的人力、物力透過各種官方、民間管道積極介入印尼地區的華文教學。在施行了一連串的具體措施後，著實也產生了影響，值得我們注意的有以下幾項：

（一）大陸積極向印尼輸入漢語教材

近年來，中國大陸編寫各國適用的對外漢語教科書，發送至全球。印尼華文解禁後，大陸除了開設華文書店外，也積極籌組團隊編寫適用於印尼當地的華文、印文教材。目前有兩個由對外漢語領導小組辦公室主導的計畫正在進行，一是海外華文教師培訓教材，包括教學法、中國文化等四種，由暨南大學、雲南師大、廣西民院和福建師大分工合作。另一項是廣東省組織編寫供印尼地區使用的教材，包括：《學華語》（一～六，兒童教材）、《當代華文教程》（一～四，中學教材）、《突破漢字難關》、《漢語—印尼語 HSK 學習者辭典》、《漢文文法及練習》，由廣東外語外貿大學、暨南大學、華南師範大學、廣州大學等幾所高校的對外漢語教師編寫（宗世海等，2004）。預估這兩項計畫完成後，不僅會改變印尼的華語教材市場，也會影響當地的教學法。

回顧印尼華文教育剛開放時，不少早年留臺的教師堅持以正體字、注音符號教學，但卻苦無合適的教材，經過數年擺盪，等不到臺灣編的教材後，只得改用新加坡、大陸的簡體字教材，而此情況也正隨著大陸教材的大量編寫、輸入而日益普遍。字體、拼音符號雖然只是工具，然而當學習者熟悉這套工具後，它就成了習慣。可以預期簡體字學習者未來的閱讀傾向也會以簡體字為主，畢竟讓非母語的簡體字使用者轉而閱讀正體字，其難度較高，反之則有可能。語言是文化的載體，字體的認同在某個程度上也將影響到文化的溝通與認同。除非有一天臺灣不再堅持單用正體字，或者在短時

間內能編出適合各類學習者的中印正體字教材，否則字體問題將會影響臺灣在印尼的華教發展。

（二）大陸在印尼的教師培訓策略

大陸在印尼的華文教師培訓策略可分為取得學歷與取得證照兩種。協助教師取得學歷的有泉州華僑大學[28]的集美華文學院[29]，它提供印尼華文教師一系列「漢語教育自學課程」，此相當於我們熟知的函授課程。此課程分為專科教育和本科教育（大學教育），接受專科教育一年且通過者，便可進入本科教育。每學期學費約為三百美元，學期末集美華文學院派主考官去印尼為學生做四天的課業輔導，隨後進行兩天的期末測驗，為了完成輔導和測驗，每位學生需另外支付六十萬印尼幣，相當於六十美元的費用。「漢語教育自學課程」的必修科目有：現代漢語、第二語言教學法、文學欣賞、寫作、應用漢語（若取得 HSK 通過證明可免修）。選修科目有：中國概論、漢語成語等。參加課程的學習者每週四

---

[28] 華僑大學於一九六○年創辦於泉州，以培養華僑華人青年為宗旨，辦學方針為「面向海外、面向港澳臺、面向經濟特區」。一九八三年定為大陸國家重點大學，是一所綜合性高等學府，該校為華僑及華裔青年提供正式的專業學位教育。

[29] 集美華文學院，是由集美僑校、集美中國語言文化學校和華僑大學對外漢語教學部合併而成，是福建省設立的漢語水平考試（HSK）的唯一考點，專門對海外華僑、華人及其他外籍人士進行漢語培訓。其主要任務為針對海外華人開展華文教育與發展華僑華人研究。

聚會，討論課業問題稱之「學習小組」[30]。由此可知，大陸
當局已針對印尼華教中斷三十多年，教師迫切需要學歷證明
文件一事，做出了因應的對策，在權衡主客觀因素後，發展
出了以函授、面授互補的課程模式，此一作法，使有心取得
學歷證明的印尼教師，能在最短的時間內獲得專科甚至大學
的畢業文憑。

在證照取得上，大陸也和印尼政府合作推動短期教師培
訓，結業成績合格者可獲得由印尼教育部認可的培訓證書，
用印尼華文教師的話說，使他們獲得了公開從教的護身符
（宗世海等，2004）。以二○○一年四到六月底五期的華文
師資培訓為例，報名的約兩千人，接受培訓的有一千餘人，
獲得結業證書的有八百餘人。此種學歷、證照齊頭並進的作
法，估計不難在數年內攻下印尼大部分的華文教學版圖。

（三）漢語教師資格審定新辦法

當一個國家的某種行業日趨成熟、參與者增加的時候，
其專業證照制度也就越上軌道。現階段由於印尼華教方興未
艾，漢語教學專科畢業證書、短期培訓證書就能做為教學的
護身符，但終究未能符合世界各國對專業的認定。因此，中
國大陸除了發給短期培訓證照外，也推出了適用於海外的國
家級的《漢語作為外語教學能力認定辦法》。

---

[30] 本段內容為二○○二年訪問泗水臺北學校，與當地補習班華文
教師座談所獲得的資訊。

　　大陸的對外漢語教師的資格審定工作和資格考試是從一九九二年開始進行。截至二〇〇三年底，有三千六百九十人獲得《對外漢語教師資格證書》（呂諾，2004）。然而十多年來，合格的教師仍不敷全球市場的需求。二〇〇四年大陸又頒佈新的認定辦法，放寬了申請者的資格，其認定對象不再局限於大陸境內，凡符合條件的中國公民、華人華僑或外國公民都可以申請漢語教師資格。並依實際情況將教學能力分為初、中、高三種等級，藉以區別不同層次證書持有者所具備的知識結構和教學能力。初級證書考試科目為現代漢語基本知識、中國文化基礎常識、普通話水平。中級證書考試科目為現代漢語、漢語作為外語教學理論、中國文化基本知識。高級證書考試科目為現代漢語及古代漢語、語言學及漢語作為外語教學理論、中國文化。從考試的內容來看，印尼教師若有適合的進修管道，未來應有相當比例的教師可以獲得初級能力證明。

　　在臺灣，華語教師資格審定工作和考試內容仍在規劃階段，若短期內不能實行，未來想取得正式資格的海內外教師，就必須參加大陸的教師資格考試，藉以取得相關證書。

　　近年來，臺灣在國內外密集地舉辦華語師資培訓，就提升教師的教學能力而言，成果斐然，但是從證照的角度來看，仍有些許不足。目前的情況是，即使培訓的品質再高、效果再好，參與的海外教師都無法經由進修獲得代表專業能力的證照。相對於大陸提供的專科、大學學歷教育和《漢語作為外語教學能力認定辦法》，顯然，我們的師資培訓班仍在推廣教育和補習教育間擺盪。

　　建立各行業的專業認證是全球的趨勢。當中原大學圓滿完成課程、印尼教師滿心歡喜返回僑居地的同時，我們仍存在些許遺憾，期待相關單位能早日為這些教師爭取到能代表其能力、且具公信力的教學證明。

附錄一：二○○五年海外華文教師研習課程規劃

類別		課程內容	授課方式
專業科目	總論	全人教育理念	演講
		全球華語教學概論	演講
		兩岸語文差異	演講
		第二語言習得	演講
	華語本體知識	漢字結構與分析	演講
		部首部件與漢字教學	演講
		拼音符號與正音	演講
		發音練習	一對二、一對三發音練習每天半小時
		華語語法難點剖析	演講、討論
		文學與文化	演講
		多媒體與華語教學	演講、上機實作
		全球華文網路資源介紹	演講、上機實作
	華語教學知識	語言教學活動設計	演講、討論
		閱讀教學設計	演講、討論
		發音教學設計	演講、討論
		漢字教學設計	演講
		寫作教學設計	演講、影片討論
		語法教學設計	演講、學員演練
		童詩教材教法	演講
		全球華文網路教育中心	演講、上機實作

		發音教材編寫	演講、討論
	華語教學實作	漢字教材實作	演講、實作
		語法遊戲設計	演講、學員演練
		華文課本編寫	指導學員編寫十課教材綱要
		語言課程規劃	演講、討論
		語言教學個案研討	演講、討論
		教學法演練	學員分組設計教案做模擬教學 每天由一組學員上臺演示
本土文化課程	教學參觀	臺灣的政經發展	訪中印的橋樑：中國石油公司 訪僑委會：瞭解現代的僑教工作
		臺灣的古蹟巡禮	訪淡水老街、十三行遺址
		臺灣初等教育的成果	訪問中原國小並與教師座談
		臺灣的鄉土文化	客家擂茶與客家文化
		臺灣的風土人情	中部旅遊

附錄二：故事教學法大綱

一、故事情節假說

1. 心理學家 Oller（1983）：任何篇章，只要安排得有條理，就容易記憶和理解。

2. 語句只要能夠前後連貫成有趣的故事，就容易學習。

二、一個小故事的啟示

從前有一座山，山上有一座廟，廟裡有一個老和尚和一個小和尚。有一天晚上，小和尚要老和尚講故事給他聽，老和尚就說了：從前有座山……

※ 一個非常簡單的段落，也有許多值得學習的語言點。

三、孩子學到了什麼？

1. 時間詞：從前、晚上（早上）

2. 量詞：座、個

3. 動詞：講（故事）、要、說、有

4. 名詞：故事、山、廟、和尚

5. 方位詞：上、裡

6. 形容詞：老、小

※ 說故事時，教師應瞭解其所傳遞的資訊與華語語法架構的關係。

四、重複會讓孩子高興

從前有一座山→山上→有一座廟→廟裡→有一個老和尚→一個小和尚→有一天晚上→小和尚→老和尚→說故事給他聽→老和尚就說了→從前有一座山……

五、故事對語言教學的幫助

1. 記憶：教師說故事時語言生動、表情豐富，學生因此對教師傳遞的資訊產生較深刻的印象。

2. 動機：故事可以用口語或文字來呈現，聽故事的動機可以發展成閱讀和寫作的興趣。

3. 溝通：說完故事後，教師可針對故事內容引導學生回答問題、討論，提供學生口語練習的機會。

4. 表達：聽完故事，請學生輪流依故事情境表演對話，可提高學生的華語表達能力。

5. 態度：老師用故事書說故事，讓學生對書、對閱讀產生好奇、好感。

6. 創意：故事可以只說一半，讓學生分組創造結局，再說給大家聽。

六、分組作業

1. 想一個能用在華語教學上的故事。

2. 評估一下學生在裡面能學到什麼？

3. 它有趣、吸引學生的地方在哪裡？

4. 老師在課堂上應該如何進行？教學程序為何？

5. 如何將說故事轉化為語言練習？練習程序如何安排？

附錄三：華語教材製作與發展教學大綱

一、為什麼要編寫新教材？

1. 既有教材不適合學習者年齡。例如：缺乏印尼幼兒用發音教材。

2. 既有教材不能配合學習時數。例如：缺乏短期班的密集教材。

3. 既有教材內容已過時。例如：教材太舊，內容和現實有差距。

4. 既有教材不能配合本地學習者需要。例如：內容和學習者無關。

5. 既有的教材不利於本地學習者學習。例如：缺乏中、印文對譯的教材。

二、完整教材可包括的項目

1. 教學目標說明。編寫方式：用學生的母語來呈現。

2. 課前活動—複習舊內容，銜接新內容。目的：提高重複率，使記憶固著。

3. 主課文—短文或對話。方式：初級教材課文傾向對話。中高級教材課文傾向文章。

4. 生詞表。包括：生詞、詞性、拼音、翻譯、例句、用法說明。

5. 語法點。包括：說明、例句。編寫方式：初級以學習者母語呈現較佳。

6. 句型練習。包括：關鍵句、常用詞組搭配、代換、應用。

7. 漢字教學。包括：字義解釋、筆順。

8. 平行閱讀—以和主課文詞彙、語法相近的文章，提升
閱讀能力。

9. 活動設計。教學形式：角色扮演、問題討論、難題索解。

10. 文化知識。編寫方式：可用學生的母語來呈現。

11. 課後作業。包括：筆順練習、翻譯、完成句子、情境
作文、問答等。

12. 學生手冊。製作方式：可由課後作業獨立成冊。

13. 教師手冊。包括：教學目的、步驟方法、語法說明、
部分考題、習題解答。

14. 錄音帶、錄影光碟。

15. 電腦互動練習。目的：複習、鞏固教學。

三、分組作業：設計一本教材的十課內容。

設計項目：

1. 書名。

2. 敘寫教學目標。

3. 學習者年齡及學習特性描述。

4. 訓練何種語言技能：綜合、聽、說、讀、寫。

5. 包括哪些項目。

6. 教材中的十課教學大綱。

7. 編寫書中完整的一課。

第五章　大學僑生的學習困難

一、研究背景

　　僑胞移居海外，稽諸史籍，可以遠溯自殷商，惟清朝以前，政府對人民出國謀生發展，少有過問，尚無僑務可言（高崇雲編，2001）。光緒三十一年，清廷派林文慶等人先後至南洋勸學，才為僑教揭開了序幕。光緒三十二年正式創辦「暨南學堂」辦理僑民教育，專門招收海外華僑學生，迄今已九十九年。國民政府遷臺後，陸續完成了輔導僑生升學的有關法令，如一九四七年的「華僑學生優待辦法」、一九五一年的「華僑學生申請保送來臺升學辦法」、二〇〇〇年的「教育部清寒僑生公費待遇核發要點」、二〇〇一年修正的「僑生回國就學及輔導辦法」，每一項都是為鼓勵僑生回臺升學的積極作為。一九五一到二〇〇二年止，回國升學的僑生超過十五萬人，大學畢業的僑生接近八萬（高崇雲，2003），遍布全球六十二個國家和地區。

　　本文討論的「僑生」，包括僑生與港澳生，「僑生」是指在海外出生連續居留迄今，或最近連續居留海外八年[31]以上，其父系具有中國血統，並依「僑生回國就學及輔導辦法」來臺升學者；「港澳生」是指在港澳地區出生連續居住迄今，或最近連續居留港澳八年以上，其父系具有中國血統，並依

---

[31] 居住海外八年始具僑生身份的規定，目前正在修法，通過後將改為五年。

「香港澳門居民來臺就學辦法」來臺升學者，上述兩類學生在學期間，均享有各項課業、生活輔導，唯港澳生的升學加分優待，已於一九九五年取消。

為鼓勵僑生回國升學，又考慮到僑居地的教育資源不足，僑生很難跟本地同學競爭有限的大學入學名額，因此長期以來，僑生享有入學加分的優待，但語文能力不足影響的不僅是入學考試，對進入大學後的各科學習也有妨礙。針對僑生學習的能力，僑委會（1982）曾做研究，發現僑生中「學科程度不足者」高達百分之四十，推測學生素質低落的原因為東南亞各國的「國民教育本國化」，使得海外僑校不易生存，因而造成僑生語文程度低落。楊國樞等（1973）的研究也指出，情緒不穩定、從前訓練不夠、授課方式不理想是僑生學業成就的三大障礙。楊極東（1985）更指出「適應狀況與僑生學業成績有顯著複相關」，並建議加強輔導，以免形成惡性循環，產生更嚴重的適應問題。這些研究說明：僑生回國後易發生適應困難，而此困難部分來自華文程度不足，部分來自兩地教育方式、內容的差異。過去的研究在看待僑生問題時，傾向把僑生視為同一類學生來研究，今天重新省視此一課題，發現以往所認知的海外僑教，數十年來在各地已有了不同的發展面貌，不同學習背景的僑生回臺後，雖然可能都有課業上的困難，但因各僑居地的情況不同，輔導的方向也需因地調整。

我從事華語教學逾二十個年頭，一九九九年以前的教學對象是外籍人士，一九九九至二〇〇三年負責暨南國際大學全校僑外生的「華語文課程」，教學中接觸了來自各國的僑

生，意識到由於僑居地的華文環境、教學方式急速變化，目前回臺的僑生與過去熟知的僑生，兩者所受的華文教育已大不相同，為了確定未來教學的方向與內容，我做了以下幾部分的研究。第一部分，從文獻資料中瞭解各僑居地華語推展的實際情況，以確知僑生來臺前已潛存的華語問題。第二部分，根據兩次僑生 BBS 網路座談會的紀錄，歸納了僑生自己對學習困難的描述。第三部分，是針對僑生日常生活需要面對的語境做調查。根據此三部分，略可畫出一個比較清晰的輪廓，做為未來調整僑生華語文課程、編寫教材或施以補救教學的參考。

二、僑居地的華語文教育

根據教育部一九九九至二〇〇三學年度的資料，每年回臺灣升學的僑生約有四千人。其中 90.96％的僑生來自亞洲，佔僑生總人數的 84.8％，依次為馬來西亞、澳門、緬甸、香港、印尼。以下是二〇〇三學年度，各地區僑生在臺灣大專院校中就學的人數：

地區		人數	百分比	排序
亞洲	香港	1179	12.42％	4
	澳門	1887	19.88％	2
	馬來西亞	2948	31.05％	1
	緬甸	1382	14.56％	3
	印尼	844	8.89％	5
	亞洲其他地區	585	6.16％	6

美洲	547	5.76%	7
歐洲	9	0.09%	9
非洲	109	1.15%	8
大洋洲	3	0.03%	10
合計	9493	99.99%	

我們之所以分地區來討論華語文教育的問題，是因為無論是母語或是外語教學，都受制於國家的語言政策。百年來海外的華文教育也隨著該國的政治、經濟而起落。從教學的角度來看，華語在某些地區是第一語言，在某些地區是第二語言，如果學習者的家庭語言是中國的某地方言，那麼華語可能成為第三甚至第四語言。從文字形式、拼音符號來看，該地區和兩岸的互動關係，決定了字體與拼音的使用，排列組合之下，僑生的華文學習工具，有簡體字加漢語拼音，有正體字加漢語拼音，也有正體字加注音符號，還有只學正體字、簡體字而不學拼音的。這些背景各異的僑生，齊聚於臺灣的華語文課堂中，教學的複雜度遠超過本地高中、大學裡的國文課，教師若不能掌握各僑居地華文教學的長處與弱點，教學將事倍而功半。以下將說明幾個僑生最多的地區的華語文教育特性。

（一）馬來西亞

馬來西亞於一九五七年結束英國殖民統治宣告獨立，獨立後人口組成為馬來人佔總人口的 49.3%，華人佔 38.4%，印度人佔 10.8%（何西湖，2004），按照人口比例，華人語言應有官方地位，但馬國政府對華語卻抱持著打壓的態度。

其語言政策中，明訂馬來文為國語，英文為公立學校的必修課。然而，靠著華人社團、華商、華教工作者數十年的努力，目前馬來西亞已有了一千多所華文小學、六十所獨立中學以及三所三年制大專學院，並積極籌辦獨立大學。

馬來西亞的華文小學，一至六年級都設有華語課程，使用簡體字教學。數學、自然、地方研究等科目也以華語為教學媒介語言，自一九八二年起華文小學開始使用漢語拼音。華文獨立中學，簡稱「獨中」，招收由初一到高三等六個年級的學生，課堂中的教學媒介語言為華語，全校學生必修華文，每星期有六至八堂華文課。獨中的華文教師大多是曾到臺灣、大陸留學的中文系畢業生，學成後返鄉服務，師資水準整齊，教學中使用的教材為董教總[32]編定的獨小、獨中系列教科書，每年並舉行統一考試。

在臺灣留學的馬來西亞僑生多為華小、獨中的畢業生。學校裡以華文為教學媒介語，求學階段中亦有類似臺灣的聯考，中文的聽、說、讀、寫能力和臺灣、大陸學生相去不遠。學生返臺求學唯一需要適應的是正體字，一般學生在上完第一學期後就能克服這個障礙。此外，自馬來西亞返臺的僑生中，亦有少部分是國民型中學的畢業生，「國民型中學」是政府辦的所謂的「華人學校」，華文教學份量介於馬來語中學和獨立中學之間。在國民型中學裡，除了每週數小時的華文課之外，其餘課程全是以馬來語教學，學生的華文程度不

---

[32] 董教總即馬來西亞華校董事聯合會總會及馬來西亞華校教師會總會的聯合簡稱。

同於前面提到的獨中,「國民型中學」的學生來臺後在學習適應上較為吃力。

除了學校使用的教學媒介語之外,家庭語言也會影響僑生的華語文溝通能力。在馬來西亞,華人家庭中使用的是廣義的華語,包括閩、粵、潮、汕等地區的方言。由於獨中、獨小的華裔子弟在學校使用的是普通話,即使家庭語言是方言,學生的普通話依然流利。而「國民型中學」的學生受家庭方言的影響較大。

在所有返臺的僑生中,馬來西亞僑生的中文聽、說、讀、寫能力最強,近兩年甚至有凌駕本地學生的趨勢,亦即獨中的畢業生可以和本地同學一起上大一國文課,兩者的中文程度不相上下。在非母語地區,語文教育的推行竟能直逼母語地區的水準,馬國的華教的確創造出了語文教育史上的奇蹟。

探究其成功的原因,在理念上,華教推行者將華文教育提高到維繫文化、民族存亡的層次,並獲得當地華人的認同,在馬國政府不承認獨中學歷、沒有教育經費補助的情況下,仍義無反顧地將孩子送入獨中求學,源源不絕的學生讓獨中、獨小能永續經營。在執行上,有健全、高效率的董教總管理華人教育的各項事務,從制訂教學大綱、編寫教科書到開拓海外升學機會,儼然已發展成為「民間教育部」了。馬來西亞華文教育一路走來雖然艱辛,但其耕耘的成果已如實地反映在僑生的表現上了。

(二)港澳

在歷史上,澳門、香港長期以來屬於中國廣東省的管轄範圍,人民日常生活以粵語溝通,使用的書面語是文言文。

明嘉靖十四年澳門租給葡萄牙，道光二十二年英國殖民者強租香港，因著統治者的改變，兩地的語言發生了變化。從殖民到二十紀的四十年代，英語、葡語分別為港、澳地區的官方語言，但在民間依然以粵語溝通，此時，由於港澳與大陸之間仍有往來，在某種程度上，普通話還有其溝通功能。五十年代，共產黨執政後，港澳與內地的聯絡幾乎停止，普通話的地位下降，粵語的地位再次提升，甚至由口語滲入了書面語，而產生了所謂的「港式中文」（如：咁樣、唔去、我你佢……）。港式中文固然有其地區特色，但仍屬方言層次，無法與多數的華語使用者溝通。在港澳學生的作文中，可以看到不少粵語語法、詞彙與白話交雜的例子（如：你走先、我食飯……）。

政策雖然可以影響一地的語言，但港澳與馬來西亞的情況則大不相同。港澳租借他國後，執政者是外來的，相較於原住民，其畢竟是少數，因此形成了多語並存的社會。澳門的語言使用形式，被稱為「四語三文」，「四語」指的是口語的粵語、英語、普通話、葡語。「三文」是指書面的中文、英文、葡文。葡語是官方語言，多用於行政、司法上，英語則用於金融外貿，家庭語言多為粵語。較特別的是，澳門華人多不懂葡語，但不少人懂英語。

香港被稱為「三語兩文」，「三語」指的是口語用的粵語、英語、普通話。家庭成員之間多以粵語溝通，教學媒介語是英語和粵語，兩種語言比重的多寡，依學校性質、教學科目而定。一九九七年以前普通話在課堂上所佔的份量較少，而今逐漸增加。「兩文」是指用於書面的中文和英文，英文是

官方語，通行於政府機關、學校單位、金融機構，而中文則
多用於私人信函。由於殖民的關係，英語長期以來是高層語
言，粵語是低層語言，香港回歸後，政治、經濟情況改變，
語言結構也逐步調整。隨著大陸與香港間貿易額的持續成
長、旅遊人口的遽增，普通話在香港的重要性再度竄升，相
信數年後港澳生的華語會話能力將大幅提昇。

　　中國的幅員廣大，方言眾多，在大部分的地區，無論日
常的溝通是哪種方言，教學的媒介與都是國語，亦即雅言、
通語、官話、國語（普通話）的共同語系統。就此點來看，
港澳地區是很特殊的，粵語雖是方言，但可以做到從小學、
中學到大學都以粵語為教學媒介語，這是別的方言望塵莫及
的。正因如此，港澳僑生來臺後的學習問題多發生在華語的
聽、說兩方面，港澳生說國語時有濃厚的粵語腔，常見的規
律是：捲舌音都發為平舌音（遲到→詞到）、n 都發為 l（頭
腦→頭老）、有些 k、h 發成 f（倉庫→倉負，鬍鬚→服鬚）、
有些 e 發成 o（唱歌→唱 go）、有些 u 發成 ü（讀書→讀需）
等，再加上粵語使用者一般的語速較快，教師為港澳同學糾
正發音時，不但要編寫新的教材，練習時間也要相對增加。
從華語文標準測驗筆試的成績來看，港澳和馬來西亞兩地僑
生的差距不大，但是，在口語表達上，馬來西亞僑生的表達
能力接近母語者，而港澳生則需從基礎的拼音系統開始教
起。如果因為閱讀、寫作成績接近，而誤將馬來西亞、港澳
學生放在一班裡上華文，其結果將會浪費了馬來西亞僑生的
時間，而來自港澳的同學仍會覺得練習時間不足。

（四）緬甸

　　緬甸華僑的私塾教育，始於十九世紀，緬北的八莫，早已有滇僑在關帝廟內設立蒙館，而緬南各地凡是有寺廟、宗祠的地方，亦有私塾之設立。一八七二年仰光廣東觀音廟落成後，其右邊的輔屋建築完成，設立「書塾」一所，性質即屬私塾（郁漢良，1998）。十九世紀末到二十世紀六〇年代，是緬甸華文教育發展得較好的時期，稱為「自由開放教育政策時期」。據統計一九六〇年全緬有華校兩百零五所，其中中學十六所，學生共三十六萬人，而其中有一百零三所學校採用正中書局編印的課本（林錫星，2003）。

　　一九六三年起進入「禁止華教時期」，奈溫政府嚴格管制華校和其他私立學校，外文僅能教授英文，且每天不得超過一個小時，華校若要加授華文，則需利用課餘時間。一九六五到一九六六年，緬甸政府將兩百多所華校收歸國有，僑校轉為地下化經營。一九七六年後為「華教寬鬆時期」，一九八一年緬華僧伽會引進一套由新加坡佛教總會編印的《佛學教科書》，由西門穆負責譯成華、緬文對照。

　　由於緬甸是傳統的佛教國家，一九六〇年將佛教定為國教，佛教影響的範圍覆蓋了政策的制定、國家與社會關係的協調、國家對社會經濟生活的管理以及健康、教育等領域，緬甸政府不阻止佛教刊物流通，使得華、緬文對照的《佛學教科書》得以正式發行，曼德勒以北地區的華人便把它當作華文課本，兼教文史及其他相關的語文知識，熱心的教師加上可用的教材，華校變相地恢復起來，僅臘戍一地就有學生七千名。一九

八九年閩僑所屬的慶福宮率先向緬甸政府申辦補習班，其後仰
光的孔聖廟補習班跟進，也辦得有聲有色。華文在政府限制華
教卻鼓勵宗教的政策下，以宗教課程的名義維持下來，這是此
地華教較為特殊的地方。現今緬甸的「孔教學校」、「佛經學
校」，就是一般人認知中的華文補習班，其華文教育與佛教、
孔教密切結合，注重人格道德的陶冶。

　　雖然宗教讓緬甸的華文教育得以延續，但在教學上仍有
以下的問題：一、課時不足，僅極少數的華文學校實施全日
制的中文教學，絕大部分僑校學生都是利用每天一早一晚
（上午七到九點，下午三到六點）、週末學習華文，其他時
間在緬文學校上課（何福田等，2000）。課時不足，內容自
然無法周全。二、教師學歷不高，有的僅初中畢業，多未受
過師範教育，教學時仍以傳統的識字、寫字、背誦為主，少
有創新的教法。三、教學資源匱乏，資訊、教材、教具、圖
書不足，其情況是在臺灣的教師所無法想像的。

　　緬甸與中國的雲南接壤，僑民的祖籍多為福建、廣東、
雲南三省。祖籍雲南的緬甸僑生，說華語時雖略帶雲南口
音，但因雲南話仍屬官話系統，與國語相去不遠，所以來臺
灣後，並無太大的溝通問題。而祖籍廣東、福建的同學，則
可能連課堂聽講都有困難。緬甸僑生與其他地區僑生最大的
不同，是上大學前累積的基礎知識不足，以致於影響了上大
學後各科的銜接，此問題與當地華校的課時不足、師資水準
不高、教學資源匱乏等因素都有關係。輔導緬甸學生時，第
一階段應先考慮提升其華文的聽、說能力，第二階段還需做
國、英、數、理、化的全科輔導。

（五）印尼

印尼是中國以外華人最多的國家，華文教育歷史悠久，一九五七年為僑校鼎盛時期，約有華校二千多所，學生四十二萬餘人。一九六六年印尼政府下令關閉僑校，禁止所有中文書刊流通，華文教育因而式微。直至一九九九年頒布〈列269/U/1999 號決定書〉，廢除對民間開設華語文補習班的限制性條例，容許民間文教機構自行舉辦華語文業餘成人教育。二〇〇一年二月瓦西德當選總統，正式宣布開放華文，至此，華文教育在印尼斷層達三十二年之久（董鵬程，2002）。

印尼禁華文以來，大部分的華裔子弟沒有機會接觸華語，少部分的人則是藉由家教、非法補習學習華語，這些教師多為一九六六年華校關閉之前的畢業生，本身的華文最多僅達中學程度，年齡多在四十五歲以上，由於長期缺乏應用、進修中文的機會，教師的華語能力參差不齊，且多半沒受過正規的教育訓練，教學法也較落伍。

印尼使用的華語教材主要有四類，臺灣、大陸、新加坡出版的，以及當地老師自行編寫的。學生學習哪種字體、拼音符號與教材有關，由於缺乏正規合法的學習管道，在學生更換補習班、老師時，也可能得重新換一套字體與拼音系統，不少學生學過兩種字體、兩種拼音，但最終竟沒有一種能運用自如，反而徒增干擾。由於印尼禁華文的時間太久，教材、教具等資源有限，再加上師資素質不高，印尼僑生的中文程度普遍低落。對他們而言，學華語是學第二種語言而不是母語學習。在進入臺灣的大學前，有三分之二以上的印尼僑生其中文程度不及本地小學五年級生，進入大學後，印

尼僑生的華語文聽、說、讀、寫各項能力均需加強。

　　一般印尼華人非常重視孩子的教育，即使上印尼的中學，也會選擇較好的私立學校甚至是國際學校就讀。因此，理工科系的印尼僑生，在使用原文書的專業科目上表現得還不錯，即使課上聽不懂，因為高中學得紮實再加上閱讀的是原文書，在苦讀自修後其學業成績還能差強人意。印尼僑生華語最大的弱點是聽、說能力不足，而聽說能力直接影響了上課的吸收與人際互動。輔導印尼僑生最理想的方式應是上大學前的密集語文訓練，從聽、說、讀、寫等語文技能入手方能奏效。

三、在臺僑生的學習障礙

　　如果僑生在僑居地學習華文的方式是「因」，那麼僑生回臺後在大學裡使用華文所獲得的成敗就是「果」了。為瞭解僑生的親身感受，舉辦了兩次 BBS（ Bulletin Board System ）座談會，盼能藉由網路的不限時地、低焦慮情境，讓僑生自由抒發來臺後所遇到的學習瓶頸，並分享可行的解決策略。

　　大學是人生的新階段，從生活起居到學習方式，新鮮人都需要適應。因此，在以下的內容中，我們將刪除大學生共同的學習問題，僅就僑生因語文能力不足而產生的障礙來分析。為了使讀者能進入真實情境，保留了僑生書寫的文句原貌，而不做任何刪改，其中字詞、語法上的偏誤，則在旁加上說明，以下所有的引文例子均擷選自座談會紀錄。

（一）口語表達

　　僑生和本地老師、同學溝通時，多帶有異地口音，此口音可能來自僑居地的共同語，也可能是受了家庭裡使用的方言的影響，甚至是多種語言摻雜之後的結果。本地同學不熟悉這樣的口音，乍聽之下自然無法瞭解對方想表達些什麼，難免造成誤會。僑生有了一兩次不順利的溝通經驗後，為避免再度發生雞同鴨講的窘境，在課上多保持緘默，盡可能地逃避發言機會，久而久之，就成了教室裡的旁觀者，下課後，也多和同地區的僑生來往，如此，非但不利於師生互動、同儕交流，對提升本身華語文的能力亦有負面影響，這種現象在大一的印尼、港澳僑生中格外明顯。

　　例一：跟同學溝通也有點困難，有時候不懂他們在講什麼，也許因為我的口音跟他們的不同或我講的不太準，所以他們有時候也不懂我在講什麼。（曉，印尼）

　　例二：唸書是需要方法和靠努力的，當然也要聰明，但是對國文程度不是很好的學生會造成有很大的壓力，例子是我，在跟其他同學一起上課時，看他們能夠很順的（按：地）答老師的問題，比起他們來，覺得自己很多事都不懂，就會失去信心不想去唸。（音，印尼）

　　例三：語言也是我很大的困境。上課聽不太懂就開始發呆，想問或編（按：辯）論也很難表達出來，真無法享受大學的課程。希望隨著時間的流逝，我能克服這個障礙。（輝，印尼）

例四：剛來到暨大的時候溝通上有困難，因為在南非是
以英文為主，在家中跟父母講話都用臺語。在南
非除了看電視以外很少聽到中文，所以剛到這裡
的時候我聽不太懂、看不懂又不太會講，除非跟
我講臺語。（薇，南非）

例五：大一的時候，我想對僑生而言，最擔心的應該是溝
通方面的問題，尤其是對那些不是說華語長大的僑
生，包括我在內。往往我會怕說錯話或發錯音，所
以剛開學時，班上同學對我的印象就是個比較安
靜，不太愛講話的人。我大一的時候也比較內向，
大部分班上的同學我都不熟。（鳳，印尼）

例六：當僑生的困難就是語言方面，造成了溝通問題。
可能很多人不知道溝通問題的困難。多人會抓
（按：弄）錯你的意思，會以為你怎麼呆呆的。
（來，印尼）

例七：以前我也沒有在臺灣補習過中文，所以如何
（按：任何）方面我都不適應，吃的和天氣我都
還沒適應，我的中文程度不夠好，聽力也很差，
聲調又不標準，所以如果我正在講話中，朋友要
漫漫（按：慢慢）專心的（按：地）聽，他也需
要再講一次，還（按：或）是我用英文講，他們
才可以廳（按：聽）得懂。（泉，印尼）

例八：剛來臺灣的時候，我可以說是完全不懂（按：會）
講中文，甚至和室友溝通也十分困難，我差不多
完全聽不懂，也完全不懂（按：會）講，有時候

甚至害怕回自己的房間，因為怕要和室友講中文，所以我總是待在僑生朋友的房間內聊天，直到要睡的時候才回房間。（雯，香港）

（二）課堂聽講

聽力不佳比口語表達不好更影響學習。在課堂聽講時，僑生產生學習困難的原因有三：一是解讀資訊的速度緩慢。亦即接收訊息時，上一句還沒意會，下一句已經結束了。其結果是遺漏了老師教學的重點，或是對句子、句段產生片面的理解，即使略去的部分無關宏旨，但仍會令學生產生焦慮；二是專業術語（詞彙）不足。若僑生在僑居地讀書時，教學的媒介語不是中文，理所當然，許多專業術語的中文說法就不知道，此時如果遺漏的是關鍵詞，就會直接影響課程的理解。三是腦中的詞彙有限，不能確切掌握成語、俗語、新聞用語的意思。教學進行中，本地教師常會以成語或俗語為方才談論的事做總結，同學若無法及時瞭解成語的意思，不僅無法得知教師的觀點，也會對話題的轉變感到疑惑。

例一：我覺得在臺的每一位老師講課特別快，有時候沒有抓到重點，這是學習的困境。（祥，緬甸）

例二：當剛開學時，我覺得最大的困難就是在上課的時候。因為我的中文程度還不好，當老師在講課或解釋時，大部分我都聽不懂老師在講什麼，有時不知道在學什麼，所以那時候，上課就會覺得很策勵（按：吃力）、成績也不這（按：怎）麼好。（曉，印尼）

例三： <u>老師上課時常常會用成語來比喻。中文不好的</u>
<u>我，就會聽不懂，必須問同學。</u>（雅，巴拉圭）

例四： <u>我常常面對的問題是老師在課堂上講解的速度</u>
<u>很快，有時還來不及思考就已經講到下一節了，</u>
<u>很多時候都是有聽沒有懂，回去必須得花很多時</u>
<u>間重新復（按：複）習。</u>（黃，馬來西亞）

例五： 上課有時候聽不太懂老師再（按：在）說什麼。
<u>雖然我曾經在僑大先修班唸一年，但是有一些名</u>
<u>詞我還是聽不太懂。</u>真的不知道要怎麼樣才好？
（珊，印尼）

例六： 第一天上課的時候，我非常緊張。<u>上課的時候，</u>
<u>除了微積分之外幾乎百分之九十我都聽不懂，</u>而
且對同學也有一些陌生，所以我心裡有一點害
怕，連發問都不敢，只能在宿舍靠自己去念。
（亮，印尼）

例七： <u>老師講課我聽得滿模糊的。想問老師問題，也怕</u>
<u>老師聽不懂我在講什麼，也怕自己問的問題太基</u>
<u>本，怕同學取笑我連那麼簡單的問題都不會。</u>一
上完課就覺得好累，不想再動課本。（鳳，印尼）

（三）閱讀書寫

僑生閱讀、寫作的速度較緩，往往要花數倍於本地生的
時間和精力去應付考試、完成報告。僑生閱讀時常常掌握不
到重點，一知半解的部分就靠死記，即使花了很多時間，成
績依然不理想。由學期初至學期末，課業壓力會隨著考試、

繳交報告期限的來臨而逐漸加大，致使情緒起伏，甚至出現
逃避考試、放棄課業等負面行為。

例一：記得剛到臺灣的時候，我的中文真的很差，幾乎
　　　是連一句中文字（按：刪去「字」）都看不太懂。
　　　後來來到了這裡唸大學，更感覺自己的中文真的
　　　很差，但是老師幾乎都是用中文上課和考試，讓
　　　我感到非常的困擾。（華，巴拉圭）

例二：在這幾乎天天要唸書，而每次都要唸很多頁，功
　　　課一個又比一個多，又難。有時都做不完，而睡
　　　眠就不夠了。準備考試時是最痛苦的。（雅，巴
　　　拉圭）

例三：因為自己寫作業的速度很慢，所以常常都用比其
　　　他同學多幾倍的時間完成作業。除了作業外，我
　　　還必須學會如何把書念好。我承認自己的基礎不
　　　好，所以常常花比其他同學多幾倍的時間念書。
　　　一般同學可能只要用一小時念書就夠了，可是我
　　　卻要用三小時甚至更多的時間。假日期間我也盡
　　　量把時間用在課業上，所以有些同學會和系上的
　　　活動我都無法參于（按：與）。唉，我也因此常
　　　被人誤會喜歡「放飛機」（按：應是「搞飛機」
　　　或「放鴿子」）。（美，馬來西亞）

例四：很多時候，我都會因看不懂論文和不知怎樣寫報
　　　告，產生一種「心有餘而力不足」的感覺。同時，
　　　由於付出的往往比所收的少，所以現在的我很容
　　　易會洩氣，我覺得要長期過這樣的學習生活，一

定會使我透不過氣來。（順，香港）

例五：我所遇到的困境都跟大多數的僑生都一樣吧。我雖然在溝通方面沒有問題，不過<u>要我寫國字或文章或報告都還滿吃力的。</u>（如，烏拉圭）

例六：<u>每每日子好像很忙碌，一大堆作業，趕不完的報告</u>，尤其最頭痛的上檯（按：臺）報告，想想跟大一時比比還是有學到不少，記得大一時每次上課老師講解課程，還弄不清楚，來不及反應，又是下一頁，對中文差的我實在是太痛苦了。（葦，緬甸）

例七：痛苦是因為<u>課業方面跟不上，可能是因為基礎打不好，教學方法也還不習慣</u>，尤其是唸書不會抓重點，上課想問問題，也不知從何問起，<u>閱讀速度很慢，別人兩小時可以看完一章，我六小時還沒看完，有時真想放棄算了。</u>（文，緬甸）

例八：<u>有很多的功課及報告要做，總覺得每天的時間都不夠用</u>，感覺有點累了，為甚麼我體會不到大學生活中的多彩多姿？（黃，馬來西亞）

（四）多重障礙

從上面的敘述中得知，因華文能力不足，僑生多易產生口語表達、課堂聽講、課後閱讀、報告書寫、人際關係等方面的不適，而多數的僑生兼有數種學習問題，嚴重的甚至會被退學，或是因無法承擔壓力而休學，延遲畢業的也不少。

例一：一時之間要我們來接受，寫很多的報告，念很多

的書，記很多的字，然後看書要把重點抓下來，又不懂得要如何把他（按：它）背起來，到了考試的時後，明明自已有讀，但還是考不得好（按：考得不好），所以有時後真的很害怕（按：擔心），自己所怒（按：努）力的是否會有代價……在考試場上，每當老師發考題時，我既（按：竟）然不能把重點寫出來，結果弄得分數很少，我慢慢的（按：地）對自己失去了信心，我不知道我在大學的四年生活要如何掌（按：撐）下去。（娟，緬甸）

例二： 一大堆的功課、報告已把我壓得喘不過氣來了。巨大的壓力使得我漸漸失去了求知的熱誠了，慢慢變得墮落了。（玨，香港）

例三： 且因為我的中文程度不夠好，聽力也很差 ，聲調又不標準，所以我當然有一點害怕。上課的時候我聽不太懂，當然壓力就變得更大，還好我們用的課本大部是英文版，不然我一定會被三二，後來我慢慢的（按：地）對自己失去了信心。（菁，緬甸）

例四： 一開始來臺灣的時候，不太會講中文，聽力方面也不怎麼強，所以要跟朋友溝通的時候，有點不方便。而且上課的時候，聽不太懂老師在講什麼，每次必須問同學，所以上課會讓我覺得很痛苦。（櫻，日本）

例五：<u>好多挫折與困難，功課方面的壓力。繁忙的考試，交不完的作業以及生活上種種的不如意，幾乎快崩潰了。我甚至翹課了一個禮拜的課程。</u>（花，緬甸）

四、僑生面對的日常語境

除了聽、說、讀、寫的語文技能外，我們希望能為僑生學習與生活的常用語境畫出一個範圍來。僑生的課業繁重，學華語的時間有限，若能善用有限的時間，先學習生活上出現頻率較高的詞彙，並針對日常的語境多加練習，便能提高學習效率，縮短來臺後的適應時間。

誰來劃定範圍？如何劃才能接近真實情況？在此的思考是：本地同學、教師是僑生接觸最頻繁的人，僑生若想深入臺灣社會，首先要能進入師生的自然交談中。本調查是先請本地大學教師、同學羅列一年來印象最深的討論話題和閱讀過的文章主題，整理之後再分類。每個主題之下又分細類、參考子題，最後再請華文老師根據經驗補充一些「在地人」不常討論，但卻與生活、學習、社會互動息息相關的子題，例如：用藥須知、交通法規、入境須知、修業規則等等。此調查的結果應可做為華文老師擷選聽力、閱讀教材的參考。

（一）以生活為中心的主題

主題下包括的範圍有食、衣、住、行、休閒、身心健康、人際溝通等。是基礎、也是日常生活所需面對的語境，若我們將來臺僑生華文能力分為初、中、高、超級（接近母語者）

四級，此類主題是最基礎的，也是初級同學該先學的。

主題	分類	參考子題	參考子題	參考子題	參考子題	參考子題
食衣住行	飲食	菜單 餐廳廣告	介紹某種餐具（例：筷子）	食補 藥膳	速食 素食	飲食習慣 與文化
	穿著	名牌情結	流行服飾 介紹	傳統服飾 旗袍、馬掛	衣著與性別	穿著與 文化
	居住	租屋啟事	居住安全 防火/抗震	居住環境	某種建築 風格	購屋須知
	交通	旅客須知	路況報導	車禍報導	行車安全 交通法規	機車性能 說明書
身心	身體 健康	食品、藥品成分說明	某種器官 功能	傳染病 須知	氣候環境 與健康	瘦身與 美容
	心理 健康	談快樂	壓力 情緒反應	IQ EQ	心理輔導	憂鬱症
休閒	旅遊	旅遊資訊	租汽機車啟示	火車時刻表	風景區 導覽	機票價格 調整訊息
	電視	電視節 目表	主持人風格	新聞自由	電視暴力	電視廣告
	電影	電影劇情	影片與票房	影展	悲劇 喜劇	影片出租
	運動	運動比賽	運動傷害	職棒消息	運動明星	運動訓練
	購物	百貨公司 週年慶	假名牌	討價還價、 售後服務	二手貨 網路購物	逛夜市 傳統市場

（二）以學習為中心的主題

　　以學習為中心的主題，列出的是與大學課業有關的準學術語境，它的內容不像教科書那麼專業，因此僅能稱為準學術語境，但是其中仍有不少術語是一般華語教材中沒有的，包括：人文、自然、社會、科技、經管、教育、大學校園七類。僑生與一般臺灣朋友互動時，未必需要用到，但卻是在大學校園中師生經常談論的話題。此類適合以緬甸學生為主的華語中級學習者使用。

主題	分類	參考子題	參考子題	參考子題	參考子題	參考子題
人文	文學	文學家故事	評論一篇文章	文學小品	文學獎	某種文體
	歷史	名人軼事	某歷史事件 某種制度	中國的姓氏	家族制度	歷史故事
	哲學	易經 八卦介紹	諸子百家	儒家倫理	後現代思潮	某個西洋哲學家
	藝術	演唱會音樂會	藝術家軼事	各類舞蹈 國標、拉丁	繪畫 中西畫派	民間戲曲 傳統戲劇
社會	教育	義務教育	教改議題	終身學習	遠距教學	成人教育 學前教育
	法律	法規一則	詐騙、綁架	經濟犯罪	著作財產權	仿冒與盜版
	人際	威脅	勸導	爭論	諷刺	詢問
	經管	徵才啟事	管理者的特質	經營理念	員工守則	勞資糾紛

自然	生物	介紹一種動（植）物	遺傳	複製人	基因圖譜	某種生物突變
	醫學	疾病症狀傳染病	健康保險	醫療糾紛	醫學廢棄物	傳統醫學中醫與草藥
	宇宙	氣象預報	太陽系恆星/星座	地質地形	自然現象：虹、冰雹	天文奇觀流星雨、月蝕
科技	資訊	手機功能介紹	網咖魅力	電腦與生活網路家族	電腦病毒駭客入侵	電子郵件
	新發明	新產品廣告	產品說明書	奈米新產品	發明與專利	產品操作手冊
教育	學習工具	圖書館使用須知	百科全書檢索須知	百科全書一則	辭海一則	字典檢索方式介紹
	學習資源	遊學資訊	招生簡章	教育網站網路學習	夏令營廣告	某大學簡介某科系簡介
大學校園	課業	蹺課	被當	選課須知試場規則	退學、休學轉學、復學	社團導覽
	資訊	停水、停電通知	註冊須知	（申請）住宿需知	獎學金公告	修業規則

（三）與臺灣社會接軌的主題

　　僑生在臺學習，校園僅是其生活的一部分，與臺灣社會接軌的主題可協助他們早日瞭解臺灣的風土民情，以便融入

這個社會。其內容多為存於特定時空的社會話題，包括了節慶、傳統、風物、人倫、社會議題等五類。僑生理解時除了需有相應的語言能力外，也要有較多的文化、背景知識，相對而言，這部分的學習最為困難。

主題	分類	參考子題	參考子題	參考子題	參考子題	參考子題	參考子題
風俗習慣	傳統節慶	端午賽龍舟	元宵鹽水蜂炮	清明掃墓	中秋與月餅	祭拜好兄弟中元普渡	辦年貨
	現代節日	聖誕節	二二八紀念日	情人節	母親節父親節	兒童節	生日聚會
	國粹	中國武術功夫	書法藝術	象棋藝術	國畫	民間雜耍	國樂
	信仰	民間宗教	媽祖	風水	星座	算命	扶乩
	風物	美濃紙傘	烏來、北投溫泉	三義木雕	客家油桐花季	凍頂烏龍茶	鮪魚季
人倫	兩性	結婚離婚	單身貴族	女強人新好男人	同志議題	家庭暴力	性侵害案件
	親子	小留學生	親子關係	單親家庭	組合家庭	家庭教育	蹺家少年
	老人	銀髮族生活	三代同堂	老人安養中心	黃昏之戀	老人公寓	老人疾病
	生死	預立遺囑器官捐贈	安寧病房	黑道仇殺	安樂死	自殺事件	廢除死刑的爭議

社會議題	環保	森林大火	垃圾分類資源回收	河川污染	溫室效應臭氧層	自備購物帶	噪音污染
	兩岸	大陸創業	臺商問題	三通議題	統獨爭議	兩岸觀光	兩岸法律
	災難	地震與復建	空難、船難	颱風、豪雨	山難、土石流	恐怖攻擊	群眾暴動
	經濟	失業率	股市風雲	金融風暴	經濟犯罪	釋出房貸	賦稅制度
	其他	外籍勞工	選舉熱潮	外交出擊	原住民	整型風	哈日、哈韓

五、對教學的啟示

　　上述的僑居地華語學習情況分析、僑生的學習障礙、僑生需面對的日常語境三項調查，提供了大學華語教育一些啟示：

　　第一，各僑居地的華語學習資源、環境不同，大學的華語文課若將所有的僑生歸為一類，進而併班上課，對提高其華語能力的效果可能有限。未來待「僑生華語文能力測驗」研製完成，讓僑生參加測試，並以測試的結果做為分班的依據，則程度接近、有類似學習困難的僑生便能分在一班，此時再針對該班同學的弱點設計課程，方能獲致較好的教學成果。

　　第二，華語文教學不能忽略學術語境。提升僑生華語文能力的目的是要使其盡早適應臺灣的學習生活。對僑生而言，最難適應的莫過於大學中的教學及學習方式，若華語不能成為僑生念大學的「學習工具」，聽課、閱讀資料、寫報告都會發生困難。臺灣的大學中，無論教科書為何種語文，除外語課之外，

課堂上的溝通媒介仍是華語。僑生在大學裡所需面對的是準學術語境，其中包括了聽專業的演講、適時表達己見、閱讀有術語的文章等等。因此，華語教師在設計課程、編製教材、測驗的時候，不僅需納入各領域的準專業文章，而術語、成語也不宜大量刪去，要盡量保持文章的原樣，讓學生由上下文去推敲，逐步建立其閱讀專業文章的能力。

第三，不宜忽略閱讀速度。臺灣的大學中，尚未有專為僑生設立的科系，僑生與本地生併班上課時，教師所要求的閱讀、作業分量，多是以本地生的負荷能力為考量標準。僑生的閱讀速度若只有本地同學的五分之一，那麼功課就是本地同學的五倍了，讀懂了還不夠，速度也需跟得上，才能擺脫課業的壓力。因此在華語的訓練上，除了讓僑生聽懂、讀懂之外，華語教師尚需考慮其他的問題，如：規劃提升閱讀速度的訓練、增加文章的長度、選取資訊密度較高的文章等，為了擴大詞彙範圍，教學中也不應只選學生感興趣的主題。

第四，華語文課需加強口語訓練。從上面同學的陳述中發現，在大學課堂上口語表達（報告、討論、發問、辯論）的機會很多，口語能力若不能提升，則無法真正融入學習情境，效果也會降低。其實，某些僑生的華語能力並不差，也能閱讀各類的文章，但因求學過程中缺乏語言輸出的訓練，以致於自信不足，擔心出錯而無法在一對多的情境中陳述自己的想法。面對這類的學生，教師只要能提供適當的教材、語言使用機會，短期內就能明顯改善。

第六章　僑生華語文分級課程的發展

一、多年的疑惑及其解答

　　二十多年前，我是中文系的新鮮人，學校分配我住進一間八個人的學生宿舍，狹窄的空間裡，除了我還住了六位僑生，她們分別來自韓國、緬甸、印尼、馬來西亞。朝夕相處，讓我親眼看見華語能力不足帶給她們的痛苦。

　　當時的「大一國文」是全校的必修課，室友常為了寫一篇作文，花掉幾個晚上，而學校的規定是一個學期要交六篇作文，這樣的時間對念建築、電算系的同學來說是非常奢侈的。那年的學期末，我替五位室友分別寫了不同的國文期末報告。原因是念建築系的室友，抱著劉大杰寫的厚厚的《中國文學發展史》，含著淚請我給她一個題目，順便告訴她該抄哪一段，可是她根本看不懂內容，只能依樣畫葫蘆地「臨摹」，於是我說：「如果真要抄，我抄得比妳快，我來寫吧！」她說：「妳不要花太多時間，能過就好了，這是三修了，只要交作業，老師應該會讓我過的，老師說僑生只要四十分就及格了。」結果，我用了五個晚上，寫完所有的報告。對一個從小遵守校規的人來講，這當然是違規的行為，因此這個陰影在二十年後仍記憶猶新。

　　我之所以這樣做：主要是出於同情，希望他們能把時間省下來用在專業科目上，以免被三二；那時的我，雖然沒唸過教育，但仍然覺得這樣的教學是不合理的，很明顯師、生都在浪費時間，但礙於學校規定，又不得不如此。我不知道

這種僑生找人代寫作業、教師放水的情形，在我進大學之前存在了多久，或者，之後又存在了多久，總之，它絕不是特例。事實上，我的室友在學習上都很認真，也希望自己的中文能快速提升，但是，大學卻無法提供適合的課程與學習管道，任課的教師除了給同情分數之外還能做什麼？

　　大學畢業後，我教了二十多年的華語，很清楚第二語言教學和第一語言教學的差距，讀了教育專業，更讓我瞭解課程安排不當所帶來的後果。一九九八年在埔里暨南國際大學的校園裡，我再度接觸到曾經非常熟悉的僑生。很遺憾二十年過去了，僑生國文的教學情況並未改善，為了掃除自己的陰影，也為了替沈積在心中多年的疑惑尋找解答，我用既有的華語教學經驗、中文和教育的背景做基礎，進行了這項「僑生華語文分級課程」的實驗。

二、研究背景與場域

　　進行實驗，要有對象、場所以及各項資源，新成立的暨南國際大學（以下簡稱暨大）為此提供了環境。由於校名的歷史淵源，暨大在成立之初即被賦予了推動僑教的使命，甚至將它視為一九四九年以前的廣州暨南大學[33]在臺灣的延續。

---

[33] 廣州的暨南大學建立於二十世紀初葉，素有「華僑最高學府」之稱，其前身為暨南學堂，創辦於清光緒三十二年。立校特色，從校名便可看出，「暨南」一詞源於《尚書•禹貢》：「東漸於海，西被於流沙，朔南暨，聲教訖于四海」。意即：中華民族的優良風範和文化教育，以中國為中心輻射、傳播到四面八方，其影響遍及於四海。考慮到僑生主要來自南洋，學校的創辦人兩江總督端方以「暨南」做為校名。（劉人懷，1998）

臺灣的暨大，從提案到落實，其間歷經了三十多年。一九六二年在臺北召開的全國教育會議中，石超庸等人提案「為貫徹政府政策、加強華僑教育，請政府迅速恢復國立暨南大學或另設僑生大學，以增進海外僑胞團結，完成復國使命案。」（郁漢良，1998，1180頁）該案當場即獲通過，但卻未立即執行，一直延至一九九四年，才在南投縣建校招生，校名改為「國立暨南國際大學」，招收對象也不限僑生。由於地點偏遠、科系類別未若其他大學多元等先天因素，使得歷年來僑生人數僅佔學生人數的10％左右。如今的暨大，實質上是一個培育本土高等教育人才的地方，與其他大學並無太大的不同。然而由於每年入學的僑生仍有百人之多，立校宗旨亦標示「強化僑教功能，為僑界培養更多高素質人才。」因而在一般人心中，暨大仍是僑教色彩最濃的學校。

「強化僑教、為僑界培養人才」既是設校為宗旨之一，僑生回臺後的適應、學習當是校方關注的焦點。然自一九九四年創校迄一九九八年，囿於人力、物力，一直未能設置提升僑生華語能力之專門課程。僑生的語文能力不足，對其在臺的生活與學習影響甚鉅。就教育而言，學校有責任為學習者營造較好的學習環境、提供足敷使用的教學軟硬體資源，以助其早日適應在臺的求學生活。

就個人任教的華語文部分，為了瞭解僑生華語學習，我在一九九八年做了訪談與開放式問卷，從中得知僑生回國升學的理由，除了想在專業上深造外，提升華語能力亦是僑生及其家長共同的心願。為此許多原本不必選修國文課的理工科僑生，在沈重課業壓力下，仍積極把握學習機會，參加每

週一次無學分的國文輔導課,也有同學利用暑期一面打工,一面到設有華語中心的大學上語言課。在此情況下,暨大若能規劃出適合學習者需要的華文課,有心向學者當可免去奔波之苦,就近學習。

三、分級課程實施前的困境

一九九九年以前,暨大的大一國文並非全校必修課,而是由各系自行決定該系的大一學生是否需要上國文課。此時,必修大一國文的僅有經濟、外文、歷史等系。即便大家都清楚僑生和本地生差距最大的就是中文程度,但仍採用傳統的僑生、本地生合班上課的方式進行。在此情況下,若僑生的程度跟不上本地生,僑外組則會向教育部僑教會申請補助,提供補習性質的輔導課。然而,這看似合理且行之有年的正式課、輔導課並行方式,仍存有以下的問題。

(一)僑生與本地生學中文的目標不同

僑生回臺念大學,亟需提升的是中文聽、說、讀、寫四方面的應用能力,也唯有足夠的語文能力才能協助其早日適應本地的學習。而「大一國文」是針對母語的大學生而設計的,它銜接了高中國文的內容,是本國語文教育的總結。其範圍包括文化、語文、文學三個部分,「文化」是學習中華民族從古到今的各個生活面向,屬知識的累積。「語文」的教學目標是提升中文表達能力,屬技能的培養。但當教師在面對 80%以上的母語者時,語文技能的培養就容易被忽略了,同時也有教師認為那是高中就應學好的技能,而不是大

學國文課的範圍，所以並未特別強調。「文學」是加強文言文、白話文的鑑賞力，歸於情意的薰陶，這是中文專業教授著力最多的地方，因此，大學的國文教學，多以古、今的文學經典為主，此內容也許適合本地同學，但與僑生的需要不符，學習後的成效自然不高；此外，文學賞析與語文訓練的教學目的、授課方式全然不同，教師本身所應具備的條件亦迴然有別，二者實難兼顧。因此，當僑生與本地生併班上國文課時，除非僑生的中文已達母語程度，否則只能做教室裡的旁觀者，而無參與的能力。

（二）學生學習背景不同，中文程度差距懸殊

暨大僑生來自歐、亞、非、美、澳五大洲，他們的情況各異，就文字學習而言，有正體、簡體、正簡體並用三種；就拼音言，有注音符號、漢語拼音、無拼音基礎三種；就以往學習型態觀之，有的上過正規中文學校、有的參加假日中文班、有的得自家學、有的則是來臺後參加華語中心的密集中文課程等等，其學習背景相當分歧。

經由一九九八年所做的聽、說、讀、寫分項測試發現，暨大僑生華語文程度自本地小學低年級至高中不等，此種情況不僅無法讓僑生與本地生併班修習國文課，即使將所有僑生歸為一班也不適當，較理想的作法是依學生的華文標準測驗結果予以分級，之後分班授課，如此或能解決多年來的教學困境。從下表可知，以中文做為第一語言教學的情況是單純的，當作為第二語言教學時，就需考慮其他的因素了。

學習條件	類別
學習華文	當作第一語言、當作第二或第三語言
家庭語言	外語（英語、印尼語、西班牙語、緬甸話、泰語……） 普通話（即國語） 方言（閩南語、粵語、潮州話、雲南話……）
學習方式	家學、家教、假日中文學校、雙語學校、語文補習班、華人學校
教學媒介	外語（印尼語、英語、西班牙語、越南話、泰語……） 普通話（即國語） 方言（粵語、雲南話……）
拼音系統	漢語拼音、注音符號、無拼音基礎
中文字體	正體字、簡體字、兩種字體並用

（三）輔導課程面臨的障礙

　　部分僑生的課業跟不上本地生，是由來已久的問題。僑教單位為了解決這個問題，一九七九年公佈了〈僑生基本學科課業輔導要點〉（郁漢良，1998，1268 頁），由教育部補助大學經費，為基本學科學習有困難的僑生開設輔導班。立意雖佳，然而在國文輔導課的執行上卻產生了以下的問題：

1. 　加重負擔：該辦法公佈於一九七九年，當時一般大學的「大一國文」以及其他共同必修課，多有全校統一的課本，甚至有全校統一的進度、考試。僑生在班上沒學好，於輔導課時再聽一次，確實有些幫助。但是在多年後的今天，「大一國文」教學的面貌已改，各系非但沒有統一的進度、內容，甚至連

教材都不一樣。有的班用的是教授自編的選本，有的則是上古典小說、明清小品、現代文學等內容。多元的課程雖能符合本地師、生教與學的需要，但僑生的課業負擔卻愈加沈重，試想參加國文輔導課的僑生，可能來自科技、管理、人文等不同領域，各系若無統一的「大一國文」教材，輔導課的教師便無法在一週兩小時內將各系的內容一一複習。要是輔導課教師另選教材，從學習者的立場來看，這便不是輔導，而是多了一門課，加重了負擔，卻未必能收立竿見影之效。這樣的情況，不僅出現在國文科，同樣也發生在其他科的輔導課上。以微積分為例，商學院、工學院各系的教材也不一樣，因此有的教師只能陪學生自習，等學生提出問題，老師再進行個別輔導。學生一多，教師便無法兼顧，最後僅能以出席率來評分，這僅是消極的輔導。

2. 方向偏差：僑生的國文和本地生的國文教學是否為同一類？本地生的國文是第一語言的教學範圍，僑生的國文可能是第一、第二語言甚至兩者之間的教學。在臺灣的僑生中有 90％來自東南亞，近半個世紀以來，該地區的華文教育幾經變革：新加坡一九六五年獨立後，以英語為第一語文，並大力推行。菲律賓一九七六年遵照憲法全面菲化，菲律賓華校正式納入菲校教育系統，學校授課語言改為英語和菲語。泰國於二、三十年代便已開始禁華文。印尼於一九六六年禁華文，並持續了三十二年。柬

埔寨七十年代發生政變，使華文教育進入斷層階段。緬甸的華文教育在六、七十年代被取締。（周健，1998）從學習者的語言環境、資源來看，除了馬來西亞的獨中畢業生外，華語均不是其第一語言。然而，臺灣高等教育中的中文教師，包括僑大先修班的大部分國文教師均採第一語言的教學方式，顯然在教與學的供需之間早已潛存問題。多年來僑居地的語言環境改變了，而臺灣的僑生華語文教育，卻未隨著僑居地的語文政策變遷而做適當的調整。

3.　教法不同：歷來僑生國文輔導課多由大學裡的中文教師兼授。中文系教師的專長是對母語者的教學，特別是中國文學的領域。由於中文系的教師多未受過第二語言教學的訓練，因此容易把僑生當作國文不好的母語者來教，有的教師的想法是「本地生讀《詩經》，僑生程度差一截讀不來，就讀《紅樓夢》吧！」殊不知僑生迫切需要的是聽、說、讀、寫的語言技能，而非另一個層次的文學陶冶，僑生首要面對的是看得懂試題、會填表格等各種校園內、外的情境。若未能對症下藥，設計符合所需的華語文課程，即便有再多的輔導課，對僑生也無太大助益。

四、分級課程落實的情況

面對上述的情況，若想徹底改善僑生的華文學習，可行的辦法是：第一，將僑生與本地生分班上國文課，讓僑生選

修補強語言技能的「僑外生華語文」。第二，把僑生依語文程度至少分為初、中、高三級，分班授課。第三，將每班人數控制在二十人以下，以加強口語練習。如此方能有效地協助僑生提升華語文能力。

為落實以上的想法，暨大在一九九九年正式實施「僑外生華語文」分級課程。一九九八年分級課程建立前，為了深入瞭解僑生的情況，我做了一些事前的準備。包括為當時參加輔導課的僑生進行探測語文能力的筆試，以及一對一的錄音口試、訪談。其目的是想清楚地瞭解僑生的華語程度及學習需求後，再針對所需擬訂分級課程的教學目標。

（一）釐清僑生的學習困境

僑生因語文能力不足，而產生的學習困難多發生在日常溝通、課堂聽講、閱讀教科書三部分。

我們從使用的教科書來看，科技學院、外文系的教科書多為英文，管理學院中、英文兼有，人文學院的中文、歷史系，則以中文教科書為主，但各科系上課所使用的媒介語言多為中文。僑生常見的學習障礙有三項：一是，因聽力不佳而誤解教師講授的內容。此以科技學院、管理學院的僑生情況較為嚴重，發生問題的科目為微積分、經濟學、統計學等。二是，閱讀教科書的速度緩慢，需耗費許多時間查字典，此以管理學院僑生較為嚴重，但是在第二、三年則會逐漸好轉。三是，上課不夠主動。由於僑生說華語時，多有口音，偶一不慎則引來哄堂大笑，為避免窘境，僑生在課堂上多保持緘默，此情況以港澳、印尼的僑生最明顯。四是，書寫能

力不足。僑生書寫中文報告，所花的時間，常是本地生的數倍，然結果仍是錯字連篇、句子不完整、分段不清、標點使用不當，甚至連老師也不知其所云，成績自然也就不理想了。數次以後，對用中文寫作難免心灰意冷，進而產生負面的態度，有的同學為了應付老師，索性抄書、請人代寫了事。

（二）僑生華語文分級課程的目標

到底什麼是僑生華語文的教學目標？分級後又如何落實於教學？為解決以上的問題，我們將僑生的「大一國文」，正名為兼有「閱讀討論」、「語言練習」的「僑外生華語文」，針對聽、說、讀、寫技能的提升，設計教學活動，並以多元的教材、多層次練習方法，使課內教學、課外自學互補，讓僑生逐步減少溝通障礙，以達到儘速適應學習與生活的目的。

由於學生程度不一，計畫將學生分為三級，每級修課時間為一年，並訂定應達到的目標與教學重點。初級以鞏固基本的語音、語法、詞彙、寫作等能力為主，在溝通上，要具備解決個人生活問題的能力。中級須從一對一的溝通過渡到一對多的發言，從日常生活範圍進入準學術級的語境，如：閱讀新聞、做簡短的報告。高級則是要奠定其華語的自學基礎，讀懂簡易的文言文，進而具備準學術級的表達能力。

級別	一學年教學目標	教學重點
初級	1. 能用中文解決生活問題。 2. 能讀試題、公告、說明等文件。 3. 能聽懂一般口語交談。 4. 能寫便條、信件、申請書。	1. 學習生活常用詞彙。 2. 閱讀簡易短文、說明書。 3. 密集發音、會話、聽力訓練。 4. 複習基本句型，句段書寫練習。
中級	1. 學習在溝通中學習中文的方法。 2. 能聽懂電視新聞。 3. 能設法讀懂有專門術語的文章。 4. 能以中文做簡短的報告。 5. 能寫書寫短文、讀書心得。	1. 設計各範圍的語言溝通活動。 2. 密集會話、新聞聽力訓練。 3. 閱讀各學科基礎文章。 4. 分組提出報告、演講口試。 5. 情境作文、讀書摘要。
高級	1. 學習獨立學習中文的方法。 2. 能以口語表達複雜的概念。 3. 能聽懂廣播新聞要點。 4. 能閱讀報刊、簡易文言文。 5. 能依需要書寫不同文體的文章。	1. 提供自學的閱讀理解策略並做課堂演練。 2. 課堂討論、演講口試。 3. 新聞及演講的聽力訓練。 4. 上學期泛讀各範圍文選，下學期文言文與白話文份量各半。 5. 讀書心得、期末報告、新聞摘要。

（三）分級課程的實施過程

　　一九九九年暨大將國文訂為全校必修課，僑生則可以「僑外生華語文」來抵免「大一國文」。至於初、中、高哪一級的「僑外生華語文」可以抵免「大一國文」，其標準由各系決定。當時的教務長徐泓教授建議，由於僑教是暨大的特色，而提高僑生華語文程度又是父母送孩子回臺灣的主要目的，因此，各系應將中級訂為抵免「大一國文」的最低標準，未來只要是暨大畢業的僑生，無論進暨大之前其華文程度如何，畢業時至少需完成中級的課程。如果各系認為中級程度仍不能滿足該專業的要求，亦可訂為高級。

　　方向確定後，教務處發文至各系，說明各級僑生華語文課的教學目標，並提供教學大綱，請各系就專業的角度評估，僑生以華語文分級課程抵免各系的「大一國文」是否可行；如果可行，就請各系在中、高兩級之中，選定一級做為該系抵免的標準。

　　一九九九年九月二十日是暨大的新生訓練，傍晚即舉行僑生的華語文能力測驗，內容包括語法測驗、詞語測驗（含成語）、閱讀測驗（文言與白話兩類）、作文，並預定於次日舉行口試。然而，當天夜裡也就是九月二十一日的凌晨，發生了震驚全世界的九二一大地震，原訂於二十一日舉行的口試只得取消。無預警的天災，打亂了學校的秩序，師生在倉皇中離開了埔里。五天後，我再度回到校園，帶著安全帽在餘震中爬上了五樓的研究室。傾倒的書櫃，碎裂的磚塊玻璃、堆積過膝的書，就像劫後餘生的戰區，按著記憶中的位

置，好容易在書堆下找到了僑生語文測驗的卷子，帶到臺北批改，準備分班。

十月中旬暨大暫借臺灣大學復課。我根據測驗結果，將學生分成初、中、高以及近母語者四個等級，大部分馬來西亞的獨中畢業生，其華語文程度已接近本地生，因此請其選修各系的「大一國文」。遷到臺北之後，集合學生不易，再加上復課時間緊迫，無法一一跟學生進行口試，僅針對部分筆試成績在兩級中間的同學，進行簡單的口語測試，以確定其適合的班級。

第一學期，暨大借用臺大校區上課，視聽設備使用不便，因此將教學重點放在正音、鞏固基礎語法、提升書寫能力三方面。由於部分僑生從沒學過拼音（注音符號、漢語拼音），只得在分級課程外，開設零學分的發音輔導課，從基本的注音符號、正音教起，並做三至五人的小組練習，也將所有的閱讀、會話教材全都加上注音符號，以利學生複習。在鞏固基礎語法方面，則根據學生的共同難點、程度編寫了一系列的句型補充教材與課後作業。在提升書寫能力上，則是讓學生試做各種功能不同的作業，例如：便條、書信、自傳、啟示、廣告單、情境對話、作業程序描述、新聞縮寫等等，以達到反覆運用詞語、成語、句型的目的。第一學期雖是寄人籬下，在設備不足的情況下，我們仍然開設了有學分的初、中、高三級僑生華語文課和一門注音教學輔導課。

隔年三月八日，第二學期開始，暨大返回埔里上課，「僑外生華語文」的學分課程仍延續第一學期，分三級授課。此外，也在課後增加了「國語正音」、「視聽討論」兩門輔導課。

「國語正音」輔導課是為港澳、印尼地區有發音問題的同學開設的，其目的是改善兩地僑生因母語所帶來的發音干擾。「視聽討論」輔導課則是為了改善僑生因自信不足，而逃避在課堂上說華語而設的。課程中教師以電影、新聞專題為中心，刻意創造「一對多」的討論情境，進行時教師更以提問、引導、引發爭議等教學策略激起學生的發言動機，並同時進行溝通禮貌、技巧的訓練。

在課堂的訓練外，僑外生華語文課的作業也較大部分選修課為重。考慮到僑生四年後須返回僑居地，屆時可能不易找到合適的華文學習管道，因此將「培養僑生自學華文的能力」訂為第二學期的主要教學目標。自學能力的培養過程為：教師每週設定不同主題，請學生在網路或報刊上尋找相關的文章，閱讀完畢後，標出生詞，寫下閱讀心得與疑問，之後以電子郵件傳給教師批改。教師批改、解答完畢後再以電子郵件傳回。此項作業是為了提升學習者尋找、泛讀中文資料的能力，一學期後，學生不僅掌握了找資料的方法，也自然地熟悉了中文電腦的操作，並能以電子郵件請求他人協助，進而解決學習上的問題。盼學生在返回僑居地後，能藉由此自學能力，延續閱讀中文的習慣，在遇到困難時，亦能透過網路尋求解答。

（四）發展分級課程所需的輔助與資源

一個正在發展的實驗課程，其所需的人力、物力資源，往往超過預期。若想一年之內，以兩個學分的課程，有效地提升同學聽、說、讀、寫四類語文能力，其方式不外乎在課

堂上做密集的口語練習、課後書寫大量的作業、每週舉行密集小考，於正課之外，再針對個別問題進行小組、個別輔導。教師花在編教材、出作業、改作業、小組輔導上的時間往往是正課的數倍。

　　一九九九年「僑外生華語文」分級課程得以在暨大順利實施，除了當時的教務長徐泓教授及相關單位的大力支持外。我們也得到了校外的資源，同年中文系高大老師的「僑生華語文教學整合計畫」，獲得教育部顧問室補助經費，聘請了專任、兼任教學助理各一名，此外，顧問室還補助了課程所需的所有設備，包括：教學用的錄放影設備、錄製有聲教材的錄音器材以及編寫新教材用的電腦等等，使教學計畫得以順利進行。此外，教育部僑教會亦提供了兩門輔導課的鐘點費與行政費用，使課程的安排更能切合學習者的個別需要。

　　分級課程建立之後，僑生畏懼、抗拒華文的態度，明顯地改善了。由於各級所使用的教材符合學習者的程度，以往鴨子聽雷的情況不再出現，每週的出席率幾乎是百分之百。此外，由於班上同學的華文程度整齊，課堂互動時，即使誰的語法錯了，誰的發音被糾正了，大家也不會在意，因為改正錯誤是語言課的例行工作。分級後的小班，人數控制在二十人以下，教師有餘力就學生個別的學習弱點加以輔導，師生的交流也因此增加了。無論從學習動機或是學習效果來看，分級課程都接近了預期的目標。

五、持續推展的方向

　　暨大是一個發展中的新大學，預估數年內學生人數將持續成長，而僑生名額亦將依比例遞增。一九九九年「僑外生

華語文」分級課程在實驗階段得到各方支援，然而待分級課程成為教學常態，少了計畫經費支援後，以暨大有限的人力、物力是否仍能滿足僑生的學習需求？針對未來可能的需要，提供以下三點建議。

（一）於網路上開設互動教學課程

如前述，由於僑生華文學習背景不一，對聽、說、讀、寫四種語言技能的學習需求也各不相同。第一年來臺的僑生所呈現的華語問題有以下數項：第一，由於部分學生沒學過、沒學好注音、拼音，糾正發音、聲調時缺乏輔助工具。第二，基礎語法不夠紮實，交談中會出現極基本的錯誤。第三，可主動使用的詞彙有限，未能掌握常用成語、俗語的意思，導致理解的偏差。

以上這些問題，若僅依賴課堂的直接教學來改善，需要花費大量的課時，且部分同學已經會了。若能將同學有問題的部分，製作成網路課程，由學習者自行上網學習本身不足的部分，教與學的效率將大幅提高。其所需的線上教學平臺，應兼有以下功能：課文的講解與練習、課後測驗、能編寫並批改各類試題、傳輸語音電子郵件，並設有討論區、公告版，以及作業上傳、分數統計等功能。教師不僅能指定學生學習某課程，亦可限定課程與作業完成的時間，並同時給予線上測驗，彼此還可藉討論區進行互動。這樣的學習平臺，是課堂教學的延伸，且能根據學習者的個別需要提供課程。當學生修完華語文課，甚至返回教僑居地後，只要想學，仍可以藉由網路課程自學。

（二）建立華語文教學資料庫

　　語言的更迭與社會脈動息息相關。近年來全球資訊傳遞加速，社會上討論的議題幾乎日日更新，語言教材的壽命較以往為短。五年前的高頻詞，如今可能已沒人用了。為使學生能將課內所學與生活結合，教師有責任提供學生近期、具時效性的正式教材與補充教材。而針對「僑外生華語文」分級課程所做的教材，就不再是以往概念中的一本書或一套書了。為要滿足學生的課堂學習與課後自學，教師的目標應是建立一個「華語文教材資料庫」，並將資料庫中的教材按程度、題材、詞彙範圍編序，每學期初，由任課教師視該班學生的專業特性、學習需要來選取合適的課文，並據以編成該學期的教本。

　　在「教材資料庫」發展、實驗的初期，其資料可先做為課堂上的輔助教材，並同時製成線上課程，讓本校僑生根據自己的背景、興趣、專業上網自學。待資料庫的內容通過教學實踐與評估，且累積到一定的份量時，則可考慮開放給全球的華語文教師、同學使用，以達到資源共享的目的。

（三）發展處方式的個別化學習方案

　　暨大僑生來自世界各地，且大多具有複雜的華語文學習背景，因此除了班級教學外，實應規劃適合不同需要之「處方式個別化學習方案」。其精神是學生的資質、學習速率有別，當大鍋飯式的課堂教學不能滿足某些同學的需要，或是不能解決同學個別的語文問題時，教師可選擇資料庫內的教

學資源，為學生量身訂做適合個人的「個別階梯式學習方案」。進行方式是先讓僑生參加分級測試，以瞭解個別學習者的華語程度及學習困難，分班之後，教師視學生的學習情況提供建議，或訂定學習方案讓學生於課外利用錄音帶、錄影帶、光碟、網路等媒體自學，待自學課程告一段落，教師則給予該階段的測試。因此，第一年修「初級僑外生華語文」的同學，如果學習態度積極，很可能在通過個別學習方案後，於第二年達到允許修習「高級僑外生華語文」的程度。

臺灣的僑生教育發展至今已超過五十年了，在表層的政策、法規上，它建立了政府對僑民提供慷慨支助的形象，政府是施者，僑胞是受惠者，甚至不少人認為政府罔顧納稅人的血汗，到海外胡亂撒錢。事實上，以臺灣目前的國際處境觀之，我們實不宜輕忽任何心向臺灣的人。如果華語教學也負有國際交流的責任，那麼，每位回國的僑生都該被視為一個活廣告、一次外交的機會、一根傳遞文化的蕃薯藤。以往，本地師生有一種刻板印象，認為僑生不努力、愛玩。我們回顧僑居地的語言環境、教育資源，便不難發現僑生回臺求學的艱辛歷程，非一般人所能想像。身為華語工作者，能做的是盡力改善學生的學習環境，積極整合各方資源，設計出高效率的語文課程。

如今，我結束了暨大的工作，沈積在心中多年的陰影已漸褪去。期望在未來，每一位回臺灣的僑生，在課業上、生活上都能得到最貼心的關懷與照顧。

第七章　華語文網路課程的建構與反思

　　科技發展促進了文明，也解決了人類生活中的許多難題。拜資訊科技之賜，近年來語言教學也有了新的突破。本文所要介紹的是國立暨南國際大學（以下簡稱暨大），如何將網路教學系統用於僑外生華語文課程，以解決學生程度不一、教學時數不足的問題。

　　暨大設校之初便以發展僑教、拓展國際交流為宗旨，預期校內的僑生將會逐年增加。協助僑生儘速適應大學生活，進而融入臺灣社會，是僑生輔導工作中重要的一環。但由於各地的華文教學資源不同，僑生進入臺灣各大學後，亟需提升的便是華語的表達能力，因此在暨大通識課程的架構中，發展出了「僑外生華語文[34]」系列課程。

　　為提高僑生學習效率，一九九九年暨大率先實施僑外生華語文能力測驗，並依測驗結果將學生分為初、中、高三級[35]分別授課，藉以提升華語聽、說、讀、寫等技能。預定在一年內將初級學習者提升至中級（亦即從小三程度提升至小五、六）、將中級學習者提升至高級（亦即從小五程度提升至國一、二）。然而以學校規定的每週兩小時課堂教學，想要達到此目標並不容易，除了兩次上課時間間隔七天，容易

---

[34] 課名雖為「僑外生華語文」，但四年來並無外籍生修課。

[35] 僑外生華語文發展過程請參〈僑生華語文分級課程的發展〉一章。

遺忘之外，課堂上練習的時間也不敷所需。對照美國大學外
語課程，每週四到八小時的標準，暨大華語文課的課時遠遠
不足。這樣的課程安排，比照的是母語的大一國文，對第二
語言教學而言，並不妥當。

　　做為第一線的教師，若想延長課時，在不動搖學校既定
的課程規劃下，唯一的出路就是製作網路課程，設法將教學
範圍延伸至教室外。因此，從二〇〇〇年起，我試著以網路
教學來彌補課時的不足，若能將課堂中單向傳輸的教學活動
移至網路，讓學生課後自學，那麼保留下來的課堂時間，便
能用於語言互動的練習。其作法是將原先單軌的傳統教學型
態，逐漸轉為「課堂」、「網路」互補的雙軌課程。「虛擬實
境」的網路教學，具便捷、不受時空限制的特性，增加了學
習者的學習機會；傳統的「教室情境」利於直接互動，方便
教師掌握學習者的學習進展，兩相配合，在資源有限的學校
裡，共構出了新的華語教學模式，此種設計不僅延長了課
時，也讓學生獲得了補救教學與自學的機會。

　　以下將逐一敘述網路教室的系統架構與教材內容，教師
端與學生端的系統功能，以及使用後的反思。盼能從不同的
角度重新檢視網路教學的利弊得失，以及在大學裡實施「教
室情境」與「虛擬實境」互補教學的可行性。

一、網路教室的建立

（一）系統架構

　　網路教室的建立，是為了增加學習的時數。藉由網路的
教材資料庫，學習者可以在教師的指導下，選擇適合自己的

單元反覆練習。

暨大的網路教室不同於傳統的靜態網頁，它是一個結合影音說明、網頁教材與導覽工具的多媒體教學系統。經由此系統，教師講解時，可以一併使用畫筆（pen drawing）、滑鼠軌跡（virtual pointer movement）、拉動捲軸（scrolling）與重點字元反白（highlight）等輔助工具，故稱為「網路同步多媒體教學」（Web-based Multimedia Lecture，簡稱WSML），而此「同步」指的是聲音與畫面的教學指示同步。學習時，學習者可以一邊觀看網頁，一邊聆聽語音講解，而各種輔助學習的引導亦會隨著語音同步展現。

本系統主要分成三個部分，如圖一：

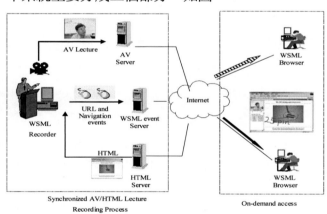

圖一、多媒體教學系統架構圖

1. WSML Recorder——它的作用是記錄教材、網頁資料與各種導覽之間的同步關係。教師在錄製教材時，系統的多媒體同步資訊擷取功能會忠實地將教師的講解與導覽動作記錄下來，並將此訊息存入

Event Server 中，以供使用者日後搜尋、點播。

2. WSML Event Server——其功能是接收由 WSML Recorder 記錄下來的同步資訊，將之以結構方式儲存，並在自動導覽時提供各項資訊。

3. WSML Browser——它是一個同步協調的機制，協調使用者端的各項教學媒體，如播放影音教材、網頁、導覽事件等，使其呈現時不致發生牛頭不對馬嘴的情況。

透過這個整合架構，教師不難做出內容豐富的多媒體教材，而學習者藉此反覆練習，亦可以達到精熟學習的目的。

（二）內容製作原則

網路課程是在「課堂」與「網路」教學互補的理念下形成的，製作課程時我們試著依循以下的原則進行：

1. 「網路教學」是為彌補課堂時數不足，是延伸或附加的課程，因此延伸的幅度需依學習者本身的主、客觀因素來決定。教師在各學習階段中，僅根據各班學生的華文程度訂出基本的學習、評量範圍，但不硬性規定學生學習的時數。

2. 區分「課堂教學」與「網路教學」之不同功能。課堂教學著重於改正發音、問題討論等師生互動密切的教學活動，而網路課程則是引導學生預習、複習、自學，傾向於單向的認知與信息傳輸。

3. 各階段的「課堂教學」與「網路教學」均有清楚的學習目標與評量制度，鑑於學習者間的程度懸殊，在不

違背教學目標的前提下，評鑑方式、次數可保持彈性。

4. 製作「網路課程」需花費較多人力、時間，不可能在短期內做完所有的課程，製作的優先順序依下列原則排定：

    a. 基礎課程優先，進階課程次之。基礎課程，是指所有僑生都需使用，且與日常生活密切相關的內容；進階課程，則是為提升溝通品質而編寫的內容。由此，在發音訓練中先製作「字正腔圓停看聽」的基礎發音課程，之後再製作「粵語漢語比一比」的漢語、粵語的對比課程，以及「一字多音練習」。

    b. 有助於學生適應本地生活的課程優先。為此製作了以校園生活為背景的「生活華語」(雙語版)、「校園對話」，以及閱讀真正新聞前的先修課程「實用新聞導讀」。

    c. 考慮實際需求，優先製作多數學生均有困難的內容，例如「容易誤讀的詞語」。

    d. 語言訓練優先，文學欣賞次之。因此在初期製作了初級、中級、高級的華文口語、閱讀課程，而將通識類的文學欣賞列為第三年的目標。

    e. 考慮軟體的穩定程度及相關的配合條件，初期製作閱讀、講解課程，待軟體發展成熟後再考慮製作聽力訓練、辨音訓練、網上評量等部分。

5. 鑑於學生網上的學習耐力有限，除非課程特殊，否則每個單元的時間均控制在十分鐘以內，以五到七

分鐘為原則，唯高級的華文課程，時間可以稍長。

三年以來，網路教材的製作都秉持著以上的原則。在教學上，因著教師督促、訂定測驗進度，暨大學生上網學習的情況著實令人滿意。但從整體的建置來看，由於製作群為資工背景的研究生，較講究系統運作的速度與準確，對於視覺的變化與美感的需求，著力較少。因此，若教學中缺乏教師的督促、考試的壓力，學習者便很難在這樣單一、缺乏驚喜的視覺環境中做長時間、多次的學習。經由使用者的回饋，我們發現此網頁的校外使用者，並不是他校的僑生、海外華裔子弟，而是華語教師或家長。出了校園少了人為的壓力與督促，網路教室的功能似乎仍只是一個教學資料庫。

二、教學端的系統操作

網路教室採用暨大資訊工程系「多媒體實驗室」自己研發的多媒體教學系統，此系統主要分為教師端與學習者端兩部分。教師端的設計是為了提供教師編寫、錄製教材，學習者端則是以同步播放技術來呈現多媒體教材。

（一）教材編輯系統

網路配合多媒體來呈現教材，可以提高學習動機，這是不爭的事實。但是讓不同專業的教師都來學習網頁製作的技術，似乎不是件容易的事。無論是市面上常見的網頁編輯軟體或是重新開發的系統，教師若想運用自如，都須經歷一段適應期。因此，一個好的教材編輯系統，除了功能齊全外，簡便易於上手，使教師在短時間訓練後，能順利編寫出所需

的網頁，也是不可或缺的條件。本系統為避免教師因設計教材外觀而耗費精力，也預先設計了教材展現的版樣，供教師套用。如圖二：

Template（一）

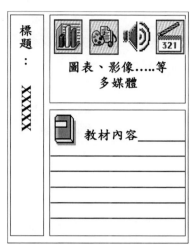

Template（二）

圖二、直接選取套用樣式（一）或（二）

（二）同步多媒體教材編輯器

本網頁的多媒體編輯器，能將多種媒體，如：圖片、影像、聲音、文字及教學導覽等整合在一起，編輯成線上多媒體教材，讓學習者在日後可重複觀看教學過程。系統的導覽功能如下：

1. 影音講解：學習者進入網路課程點選教材後，影音會伴隨畫面自動呈現，此功能對於華語教學極為重要。初級

學習者可經由聲音，模仿教師的發音與聲調，進而修正
自己的發音。進入詞彙與句型階段的學習者，則需模仿
教師抑、揚、頓、挫的語調，喜、怒、哀、樂的語氣，
而教師對語境、用法的描述與說明，亦需靠聲音來傳
達。這些都是靜態網頁教材無法提供的。

2. 教學網頁的更替：教學時，若教材內容過多，超過一
個頁面，教師便會在講解中更替網頁；當網頁資訊不
全，而需補入課外材料時，教師也會連結至他網。這
些替換、連結的時間點、動作，系統會自動記錄，並
於學生觀看時重現。

3. 移動虛擬指標：講解時，教師常會將滑鼠指標移至正
在說明的句子、詞語上，為使學習者清楚教師目前講
授的位置，系統亦會將滑鼠指標的軌跡記錄下來。

4. 虛擬畫筆：畫筆是讓老師能即時在網頁上做標記、書
寫文字而開發出的功能，系統會錄下教學中全部的書
寫過程。由於漢字的筆順常令華語初學者感到困惑，
此功能則可指點迷津。

6. 生詞註解：不同學習者的生詞範圍有別，為節省查閱
字典的時間，本系統提供了生詞註解功能。教師製作
教材時，先標出學習者可能遇到的生詞，而後一一編
寫註解存入資料庫。學習者閱讀時，只要將滑鼠移到
生詞上，三秒後，註解便會自動呈現。

7. 反白：重要的生詞、句型以及文章中的關鍵句，教師
可以文字反白方式將其圈出，使學習者對重點部分產
生更深刻的印象。

　　教師編寫、錄製教材的同時，系統會將教學過程依導覽動作與教材網頁的空間、時間關係做成記錄，成為「同步關係記錄檔」，傳送至遠端伺服器（Event Server）儲存。

（三）測驗系統

　　學習者研讀課程後，常會產生「我到底學了多少？」的疑問，一套好的課後測驗不僅能反映出學習時的盲點，也能讓學習者產生再次學習的動力，因此我們在第三年，將建立自學測驗系統列為工作的重點。

　　此多功能測驗系統，將所有的試題以資料庫的方式儲存，並在學習者端提供了互動式的測驗環境。學習者以帳號、密碼進入後，便可根據自己的程度來選擇測驗的類別、題數，此時系統會隨機組合試題，並將試題呈現出來，當學習者練習完畢，系統也會自行批改試卷，答對的試題未來將不再出現，而答錯的則會保留在個人記錄之下，留待日後再做練習，經由此方式，學習者最後就能把資料庫中所有的試題做完。測驗的同時，系統還會記錄每位學習者練習的次數、時間以及答錯的題目，並將此資訊傳入管理端，由此，教師便可掌握每位學習者的學習情況。目前本系統已編製了各級的聽力理解、語法測驗、錯字辨析等試題。

三、學習端的系統操作

　　在學習者端，系統的主要工作是同步播放各種媒體，採用的是同步多媒體教材解譯器、隨機點選及多媒體教材展現等技術，以便將教師的教學過程忠實重現。

（一）同步多媒體教材解譯器

系統提供教師的多項教學導覽工具（Navigation Events），並將教學過程編輯成同步多媒體教材。當學習者端要求播放時，便會有一個同步的機制來協調、重現各媒體。

以圖三為例，學習者點播教材後，在影音播放時間 T1 時，引發網頁更替，於是將網頁 URL1 讀入。而在 T2 時，則將網頁上的重點文字反白，到了 T3 的時間點，教師已解說完 URL1，於是再次更替網頁，將 URL2 讀入。在 T4 時，用畫筆在重要的詞句加上標記。而在 T5，由於要講解的部分已超出視窗外，於是拉動捲軸，呈現出原先被遮蔽的部分。此一同步機制，扮演協調的角色，使各媒體能適時且流暢地呈現出來。

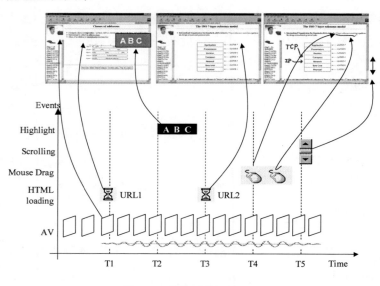

圖三、導覽事件流程圖

（二）隨意點選（random access）

　　隨意點選是數位多媒體教材的特點，亦是其與傳統教材差異之所在。為配合語言學習需多次反覆練習的需求，本系統亦提供了隨機點選功能，讓使用者依個別需要點選需重複之部分。

　　如圖四所示，使用者可將滑鼠游標移至任一句子上（圖四中的「點選字串」），點選此句子重複聽講；或將游標移至生詞上（圖四中的「起步」、「難怪」、「積極」等），聽取此生詞的解釋或相關說明；亦可點選時間主軸以瀏覽整個網頁教材。

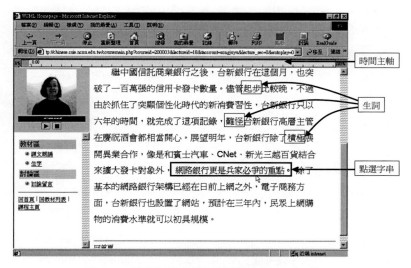

圖四、各種可以進行隨機點選的方式

四、課程設計與規劃

　　網路課程在僑生華文教學中起了輔助教學、補救教學、自學資料庫的作用。發展三年之後，已建構出一套能配合課堂教學的課程，其中包括初級、中級、高級的語文教學與優越級（Superior）的通識文學四類課程。

　　初級課程是為基本溝通能力尚不足的同學設計的，使用者多為來自印尼的僑生。課程包括：1. 提升口語表達的「字正腔圓停看聽」，這是從聲母、韻母、聲調開始學習的基礎發音課程，學習者需邊聽邊跟著說，並在精熟課程內容之後找老師做一對一的正音練習，以改正自學時的盲點。2. 「生活華語」中印、中英雙語課程，這是針對初到臺灣，還不適應全中文環境的印尼、英語系國家僑生製作的。語境包括：宿舍生活、日常瑣事、大街小巷、談談交通、氣象報告、形容一個人、運動、飲食、身體保健、人格特質、家電、衣著、求學、音樂、電影、社會寫真等十五類，教材中提供了八百多個生活常用的短句，並含有相關的生詞、句型。3. 彼此觀摩的書寫練習有「快樂的新鮮人」、「假如我是……」兩部分。4. 本級的語文自學測驗為：語法練習、選詞測驗。

　　中級課程提供給已有基本溝通能力，但表達仍不流暢的同學使用，適用的對象多為來自港、澳、緬甸的僑生。這些同學能拼湊、組合所學過的語言成分，能做簡單的提問及回答，但說話時多有母語的口音，有時甚至會影響聽者的辨識。網頁提供的課程包括：1. 專為港、澳同學製作的粵語、漢語發音的對比練習：「漢語粵語比一比」。該課程的設計是以注音符號排列為序，共分二十課，部分內容改編自高然等

編著的「對粵港澳普通話教程」。2.「實用新聞導讀」是為協助同學閱讀本地報紙、收視新聞而開設的。課程內容乃節錄近期報刊要聞，並將文章依內容歸類，而後加入朗讀以及關鍵字講解，與之配合的測驗為語文測驗區的中級「選詞測驗」。3. 展現書寫成果的則是「生命中不可替代的片段」、「大學生活中的困境」兩部分。

　　高級課程的使用者，多為來自馬來西亞的僑生。他們能輕鬆地以華語交談，亦能主動開始、維持及結束多種談話任務，並能以連貫的語言段落描述某個事件，此外，亦具有相應的溝通策略，能解決複雜或偶發的事件，其華語能力已可滿足一般學校及工作場所的要求。針對這類學習者，課程目標是要讓其中文表達得準確無誤，開設的相應課程有：1.「一字多音練習」，即俗稱的破音字練習，一個字在不同的組合裡得發不同的聲音，這是多數華語學習者的難點。本課程是以《國語一字多音審定表》為基礎，選出三百多個日常生活裡常用的多音字，並配以例句來協助同學做練習。2.「先人的智慧——熟語練習」介紹大家耳熟能詳的熟語，此亦兼有文化功能。熟語的範圍包括俗語、諺語、慣用語、歇後語及格言。熟語在華語中應用廣泛，本課程是將熟語依字數分類、分課，以朗讀、講解生詞等方式呈現出來。配合本課程的測驗為高級的「選詞測驗」。3. 此外，另有展現書寫成果的「不亦快哉！」、「大家一起玩成語」等。

　　優越級課程的使用者，在大多數正式及非正式的場合中，均能以華語參與社交、專業以及抽象題材的談話。亦能像母語者般地運用溝通策略來支持自己的意見及判斷，此類

學習者已可由語文學習進入文學欣賞，在白話文之外，亦要學習簡易的文言。為此所提供的相應課程是近母語者的 1.「古典花園」，內容是中國的傳統詩歌賞析，包括：作者介紹、作品朗讀、作品賞析、英文翻譯、生詞解釋等。2.「生活小品」是介紹臺灣、大陸兩地的名家名作，課程包括：作品朗讀、作品賞析、生詞解釋。取材的標準是以經典散文為主，主題涵蓋了生活隨想、景物描寫、人物介紹、幽默小品、科學短文等等。3.「書的地圖」是新書閱讀指引。由於臺灣的出版業發展蓬勃，學習者面對浩如煙海的新書往往不知所措，本課程是以文章引介新書，內容有新書資訊，以及對該書的評論，此外亦有語音導讀與生詞註解。使學習者在學語文的同時，也能獲得通識課程的涵養。

類別程度	口語表達課程	書寫練習課程	語文測驗	僑生通識文學
初級華文	1.字正腔圓停看聽 2.生活華語（中印、中英雙語版） 3.初級閱讀（僅供暨大校內使用）	1.快樂的新鮮人 2.假如我是……	初級語法練習 初級選詞測驗	1. 書的地圖（書籍介紹） 2. 生活小品（名家散文） 3. 古典花園

中級華文	1.粵語漢語比一比 2.生活華語（華語解說版） 3.實用新聞導讀 4.中級閱讀（僅供暨大校內使用）	1.生命中不可替代的片段 2.大學生活中的困境	中級語法練習 中級錯字辨析 中級選詞測驗	（古典詩歌）
高級華文	1.一字多音練習 2.先人的智慧—熟語練習 3.高級閱讀（僅供暨大校內使用）	1.不亦快哉！ 2.大家一起「玩」成語	高級錯字辨析 高級選詞測驗	

五、網路教學的反思

「網路多媒體華語文教室」（http://chinese.csie.ncnu.edu.tw），是臺灣第一個以僑生為對象所開設的網路華語文課程。設置於二〇〇〇年，二〇〇一年納為暨大「提升大學基礎教育計畫」的一部分，得到了較多的資源，因此我們將原先的內容擴充為含有初、中、高、優越四級的系列課程，並增設了包含數個試題資料庫的語文測驗區，以提供學習者反覆練習、自我評鑑。

本網站於二〇〇二年參加僑務委員會主辦的「海華獎優良華語文教學軟體選拔活動」，獲頒網頁組最高榮譽優等獎。二〇〇四年參加資訊工業策進會主辦的「金學獎優良教學軟體暨網站選拔」又獲佳作。自設置迄今已有二十五萬以上的人次上網瀏覽學習。暨大採用此網站發展出的「課堂情境」、「虛擬實境」的教學互補模式已逾三年，師、生在此投入了大量的精力、時間，也都得到新的經驗。以輔助教學言

之，它是一個成功的案例，然而不可諱言的，如果從「習得
的語言成分／師生所花的時間＝教學（學習）效率」的教學
公式來看，教與學的效率也許不如想像的高。日後若再投入
網路教學，我會先考量以下諸因素：

（一）教學對象是否明確

在製作網路語言課程之前，教師應問學習者是誰？他在
哪裡？學習背景為何？他為什麼上網學習語言？我曾聽過一
種浪漫的說法，「老師在教室裡只能教幾十個學生，課程放上
網路，全世界的人都能來學。」網路課程的影響力，確實可
以無遠弗屆，但是教學真的可以不管學習者嗎？若循此浪漫
的想法做下去，很可能的結果是這個網頁對誰都不太適用，
只能滿足製作者的成就感，展示出某些資訊技術而已。

傳統課堂教學，教師清楚學習者的學習起點、學習需
求、學習反應，因此可以針對特定的群體發展課程、補足教
學。網路課程的製作者，若沒有固定的學生群體，則不易得
到適當的回饋，自然也就不清楚教學的效果了。因此，在「網
路多媒體華語文教室」製作之初，就採行了網路和課堂互補
的教學模式，使教師能針對特定的學習者製作教材，並根據
學習者在課堂上的表現調整教材、修正課程，如此網路教學
才能發揮預期的效用，對於其他不知名的網友，我們雖設有
意見交流園地，但所提供的課程還是以先滿足本校僑生的需
求為主。

製作網路課程如果只有理想，在學習者不明、回饋不足
的情況下，教師的熱情很容易被澆熄。即便熱情可以延續，

教學畢竟不同於藝術創作,其成效不能停留在教學的過程,而是要由學習者的學習成就反映出來。

(二)審慎評估經濟效益

初接觸網路教學的教師,難免持有「製作網路教材,可以使用數年,即使第一次辛苦些,以後就輕鬆了。」之類的想法。先不論網頁技術的更新速度,但可確定的是無論使用何種軟體,想把傳統的教材、講義轉成網頁,都需重新編排、組合、設計,在此過程中,還要考慮知識輸入的方式與順序、每張網頁資訊量的多寡、視覺上的效果、學習者的忍耐度等等相異於課堂教學的諸多因素。而教師親自編製教材,耗費的時間也可能是課堂教學的十數倍。若教師不能親自編製網頁,則得再花大量的時間與其他成員溝通。以暨大華語文網路課程為例,教材編寫、聲音錄製均由任課教師獨立完成,保守估計,呈現一小時的網路課程,所花費的工作時間超過十五個小時,如此的投資,對於需兼顧教學與研究工作的教師而言是奢侈的。因此,教師在決定投入網路課程製作前,要仔細評估溝通、製作、修改、維護等工作所投注之人力是否合乎經濟效益。

現今社會變遷快速,教師在教室裡,面對不同的學習者,年年都需調整內容。網路課程是的科技產物,正持續地發展,其呈現的方式也日新月異。製作網路課程的人,不但須時時更新教材內的知識,整個網站的呈現方式也要能趕上科技的進步。如今,靜態網頁已被有聲、有動畫的網頁所取代,不用多久,目前的也會被更新的取代,做網路課程真的可以辛苦一次,輕鬆數年嗎?這樣的迷思,在此應被打破。

（三）慎選適用的編輯系統

　　當教師面臨教學瓶頸，試圖用網路課程來改善教學時，除了著手編寫網路課程所需用到的內容外，還要找到一個適用的系統，或是跟一個能開發系統的團隊合作。以此兩者而論，開發完成的系統，穩定性較高，其缺點是教師須配合系統既有的功能編製教材，而該系統肯定無法滿足教師所有的教學需求，也無法隨心所欲呈現出所需的效果，如此教材的製作必受制於系統既有的框架。另一種方式是找到一個開發系統的團隊，如此較能配合教師的需要，重新建置、增加網頁功能，然其缺點則是新的系統穩定性較低，而內部程式的偏差，可能在一段時日後才會慢慢浮現，教師須有心理準備，當系統修改、更新時，教材可能也要做大幅度的更動甚至重做，此外如果合作的團隊是大學裡的某個單位，而開發系統的是幾位研究生，即使其專業能力足以承擔此工作，但仍需仔細評估其他的條件，例如一般研究生在校最多留兩、三年，系統的建置與完成必將經過多人之手，內部程式的寫法不一，交接時遺漏重要細節等問題，不難想見。個人也曾遇到因為機器出問題，一夜之內所有製作完成的教材化為烏有的情況。做網路課程的老師，未必人人都受過資訊專業的訓練，但是無論採用何種系統，教師都有必要深入了解該系統，且能親自操作。

（四）考慮適當的評鑑

　　無論何種形式的教學，評鑑、改進都是不可缺的要項。當教師看到網頁人數統計節節攀升時，不免要問，這些人之中究竟有多少真的在學習，又有多少是好奇而隨意瀏覽。教師既然規定學生上網學習，就得有配套的測驗機制。華語文課程所使用的考試方式有兩類：一是課堂筆試，二是發音口試。在暨大這兩種測驗的共同點是學生可以一考再考，也就是說，如果第一次考得不理想，學習者可以上網重新學習，下次再考。其優點是學習者可以按照自己的速度學習，而在此機制下，學生的學習結果也多半能讓師生滿意，但其缺點是教師需設計多份試題，以供多次考試之用。

　　為了讓學生多上網學習而發展出來的測驗方式，著實增加了教師的負擔。為什麼不利用「語文測驗區」的功能，以系統選題、網路考試的方式進行？第一，至今網路的測驗功能，仍未能有效測出漢字書寫的能力，畢竟「打」出正確的字和「寫」出正確的字，其所需的能力不盡相同。而網路測驗較適用於聽力、閱讀等答案固定的測驗。第二，在沒有人監考的情況下以網路考試，教師無法確認考試者是誰，考試的公平性將受到質疑。因著這些尚難突破的問題，我們雖然可以利用網路學習，但評量最好回到教室。

　　近年來，各教學機構多鼓勵教師開設網路課程，這對知識的交流與共享，補足偏遠地區的教學資源確有相當的貢獻，然而，一個適用於該學科的網路課程，絕對是人力、物力高額投資的結果，投資前除了審慎評估可能達到的教學效

果外，亦要考慮建置完成後，是否仍有維護、更新的經費與
人力資源。義無反顧、熱心從事的結果，很可能數年努力換
來的只是更多的「網頁孤兒」。

第八章　從僑生轉化為華語文教師

一、研究背景

　　「僑生華語[36]文師資培育」規劃，其目標在設計一個適合僑居地學習者的教師培育機制，以協助海外華語文教育的永續發展。在此所說的「僑生」，是指符合教育部「僑生回國就學及輔導辦法」、「港澳學生來臺就學辦法」（高重雲，2001）而在臺灣各大專院校就讀之學生。本方案設計的宗旨是培養僑生成為專業的華語文教師，內容包括：（一）提升聽、說、讀、寫能力之華語文課程；（二）提升教學能力之師資養成課程；（三）提升教學效能之教學實習、畢業專題等應用課程。本文將從對臺灣高等教育的反省、了解僑居地華教需求、對比兩岸漢語師資培育方式出發，進而設計出符合臺灣教育體制且能因應僑居地需要的華語文師資培育課程。

二、從學習者到教學者

（一）多元開放中被冷落的僑生教育

　　回顧臺灣的教育發展史，六〇年代的九年國民義務教育，提升了全島的人力素質，直接帶動了七〇年代的經濟起飛，具前瞻性、符合潮流的教育措施為國家帶來了數十年的

---

[36] 華語：中國大陸稱為對外漢語，本文敘述中將依照被描述對象的地區習慣交互採用這兩個詞。

榮景。如今，隨著產業轉型，臺灣教育又面臨了另一個亟需突破的瓶頸。為厚植人力資源，各縣市廣設大學，僅三萬餘平方公里的蕞爾之地，竟容納了一百五十多所大學。然而，由於出生率逐年下降，不少大學為了生存，也得放下身段，從選才機構一變而為搶資源、拉學生的組織。若從商業角度觀之，高等教育的出路，不外兩者，一是創造需求，積極提倡終身教育，讓已就業者利用各種管道進修，獲取更高的學歷。另一條路則是積極開發新客源，亦即將招生戰線由島內延伸至島外。目前，島內多數大學已將國際化訂為發展目標，有的為外籍生量身打造了以英語為教學媒介的國際課程，有的則設置了國際學院。同時，臺灣政府也從旁協助，以每月兩萬五、三萬元的臺灣獎學金吸引外籍人士來臺學習。

我們樂見臺灣不吝為地球村學子開放教育資源，但令人詫異的是海外三千七百四十七萬[37]的華人子弟卻無緣獲得此種待遇，除非該生已歸化為外籍。以僑生身份回臺灣的就學者，若經濟條件不理想，部分學生可得到政府提供的每月三千五至四千元的獎助學金，而這樣的補助實不足以應付臺灣的生活。因此，僑生為了求學，寒暑假、週末、晚間瘋狂打工已成常態，甚至有學生為此休學。僑生所獲得的待遇與外籍生相比有如天壤。

國民政府遷臺至今已五十多年了，高等教育中僅有一九五四年成立的僑大先修班是名副其實的僑教單位，然該校的

---

[37] 摘自二〇〇四年僑務資料統計。來源由各地使領館、處及僑務單位駐外人員所蒐集之最新資料，並參酌各國政府所公布之人口統計及普查資料估計而得。

定位僅是大學的預備教育。一九九五年以僑教為宗旨立校的
「國立暨南國際大學」（以下簡稱暨大），雖已設校十年，相
較於其他大學，僑生人數並不多[38]，歷年來僑生從未達到學
生總數的 15%，也就是說，在暨大本地學生用了 85%以上的
教育資源。這個事實和外界理解國立暨南國際大學是為了培
養僑居地人才而設的想法相去甚遠。由於暨大的僑生不多，
除了華語課程外，該校也未研發出符合僑生背景、僑居地需
要的專業課程，更遑論設置華人教育學院和推展華教的相關
科系了。

　　反觀同年成立並以發展原住民教育為宗旨的東華大
學，於二〇〇一年設立了原住民民族學院，至今已有了族群
關係與文化研究所、民族發展研究所、民族文化學系、民族
語言暨傳播學系、民族藝術研究所、原住民研習中心等六個
單位。當原住民的語言、文化、藝術有了學術的根基後，開
花結果指日可待。相較於外籍生教育、原住民教育，僑民教
育實未得到應有的重視。

（二）僑居地華文教育需求殷切

　　教育的基礎在師資。然而僑居地華文師資的培育竟是一
個「外熱內冷」的話題，雖然臺灣政府也不斷透過各種方式
進行短期華語文師資在職訓練，但多年來情況並未改善。目
前，僑界迫切需要解決的華教問題有二：一是華文師資的

---

[38] 九十二學年度，國立暨南國際大學僑生總人數三百七十人，該年政治
　　大學有僑生五百九十七人，臺灣大學有僑生一千零三十一人，成功大
　　學有僑生五百一十四人（李信等，2004）。

質、量嚴重不足且流動性大；二是華文教材種類有限，未能符合地區特性且索取不易。兩者的根源都在師資，而教材編寫正是教師專業訓練中的一環。

事實上，自一九四九年國民政府遷臺以來，返臺就讀大學的僑生已逾八萬人。但學成後返回僑居地從事華教工作的比例相當低，理由安在？這些留臺僑生雖對華教滿懷熱忱，但由於本身的華語文能力不足，而無法擔任教學工作；另一原因是在臺期間未受過專業的教師訓練，滿腔熱忱終究難以化為行動。為了提升師資，僑界曾試圖從臺灣延聘教師，但又落入薪資負擔重而流動性大的窘境。長期師資不足，成了海外華文教育發展的瓶頸。未來倘能建立專業科系，有計畫地培養留臺僑生成為華文教師，師資問題方可稍得緩解。然目前臺灣的大學科系中，似無類似的專業科系。因此嘗試提出可行之規劃，設法使僑生能經由語文、教育課程與實務訓練，從華語文的「學習者」提升為「教學者」。

（三）臺灣僑生語文教育的反思

承接上節疑問，何以留臺僑生人數眾多，但卻不足以勝任華教工作？多年以來，臺灣的僑生華語文教育始終存在一個盲點，那就是大家多將僑生視為程度不佳的母語者，因此僑生返臺後，便將小學國語、初高中國文以密集教學方式輸入學習者腦中。然而值得思考的是，僑生的華語文教育和本地生的母語教學真的相同嗎？

鄭昭明（1999）分別從母語習慣的介入、態度與動機、教材與教法加以界定，僑生華語文教育屬外語教學而非母語

教學。可能的例外是畢業自馬來西亞獨立中學的學生或是港澳中文學校的學生，因為他們各科教學的媒介語就是華語，但無論如何，華語為「第一語言」的教學定位，實不適用於僑生的華語文課程。

僑生返臺後，大學到底提供了何種華文補強教育？真實的情況是，數十年來僑生和本地生併班上大一國文課，「大一國文」是本國語文教育的終點，其內容乃針對母語者未來生活、就業需要而設計。此與僑生必須在短時間內提升聽、說、讀、寫能力的迫切需求似不相符。我們可從「僑生華語文能力測驗」（柯華崴等，2004）中，得知兩者的差異：

表一：臺灣學生標準測驗成績

	小五	小六	國一	國二	高一	高二
聽力	56-62	64-68	70-72	74-76	86-88	90
詞彙	62-66	68-70	72-78	80-82	92	94
閱讀	54-60	62-64	66-68	70-72	84-88	90
總分	172-188	194-202	208-218	224-230	262-268	274

表二：僑生標準測驗成績

	印尼	緬甸	馬來西亞	港澳
聽力	32-34	52-56	68-80	60-62
詞彙	30-32	66	76-86	80-86
閱讀	30-34	56-66	76	74-80
總分	92-100	174-188	220-242	214-228

　　從上表可知僑生華語文程度不僅和本地生有差異，不同地區僑生的華文程度差距更大。緬甸僑生的中文程度相當於本地小學五年級生，印尼僑生的中文程度距本地小學五年級生則尚有一大段距離，港澳生程度在國一、國二之間，馬來西亞學生則在國二到高一之間。如果我們認為小學五年級生和大學生一起上國文課是荒謬的，那麼這種荒謬已存於臺灣僑生的華語文教育中幾十年了。接受這種荒謬華語文教育的僑生，返僑居地後，又如何能夠延續海外的華語文教育？久而久之成了惡性循環，呈現出的問題是：華語文教育需求最殷切的地方，反而不易找到素質高的華語文老師。

　　若想全面提升僑生華語程度，第一步需先釐清大學中僑生語文教育的課程定位，再訂出應達到的聽、說、讀、寫標準，並將僑生依華語文能力分級、分班授課，而後針對學生在僑居地的學習缺漏進行密集教學，如此，其華語文程度才能在最短時間內提升，為成為華語教學者打下較好的語文基礎。讓僑生先接受華語文基礎訓練，待其能力足以應付未

來學習與教學需要後，再進行專業的教學技能訓練。類似作法在廣州暨南大學的華文學院以及北京語言大學的漢語學院業已實施多年（董鵬程編，2001），其經驗值得參考。

（四）「學習者」能否成為「教學者」？

僑生經過語文、教學能力訓練後，能否順利成為華語的教學者？在一般人的刻板印象中：華語教師需能說「道地」的華語。僑生因成長環境的限制，發音多受外語或方言的影響，再加上學習資源缺乏，華語文程度多半不如母語者，故令人質疑其教學能力。現以趙金銘（2004）的研究，第二語言教學可分成四個面向：本體論、認識論、方法論、工具論重新思考。如下表：

表三：華語教師的知能表

知識體系	知識內容	操作指向	科目舉要
1. 本體論	華語本體研究	教什麼？	語音、語法、詞彙、文字…
2. 認識論	華語習得與認知	怎麼學？	第二語習得、學習心理…
3. 方法論	教學理論與教學法	怎麼教？	教育學、測驗評量、教材教法…
4. 工具論	現代教育科技應用	何種媒介？	計算機與網路、電腦輔助教學…

　　據上表架構，我們評估僑生在華語教師養成過程中，欠缺的是語文本體知識，至於其他能力則和母語大學生不相上下。此外，對於掌握僑居地文化、瞭解學習者特性、熟悉當地語言等方面則有明顯優勢。華僑教師在教與學的過程中，較能獲得背景相近的學習者認同；在聽、說、讀、寫語文技能的教學上，亦能參照本身的學習歷程，引導初學者突破發音、語法的瓶頸。

　　以僑生協助初學者練習華語，筆者曾在大學的僑生華語文課中試辦。請受過訓練的香港、澳門、印尼高年級僑生於課後協助「以粵語為母語者」、「以印尼語為母語者」改正發音，效果均較華語母語者為佳。其間是否有其他相關的情意因素，尚需進一步探討，唯至少說明在華語教學上，僑生經由適當訓練，確有能力成為優秀的華語文教師。

　　然而，由於各地僑生華語文能力差異懸殊，在師資培育的過程中亦需擬訂數項客觀的資格檢定，以確保教師的專業素質。初步擬定之規劃如下：以「國語水平測試」確定其發音和溝通的能力[39]、以「僑生華語文能力測驗」測知其聽、讀、寫、的能力[40]，通過這兩項測驗，語文訓練便告完成，前進至教學技能訓練。數十年來，兩岸在華語文師資的培訓上都有不錯的進展，以下將先回顧過往的經驗，再從經驗中選取適用於僑教師資培訓的方案。

---

[39]　測知口語表達能力的一種測試，類似中國大陸的「普通話水平測試」。

[40]　一種針對僑生華語文能力所做的測試，類似中國大陸的高級「漢語水平考試」，通過者其中文程度相當於本地大一學生的中文平均水平。

三、兩岸華語文教師的養成

　　臺灣九年國民義務教育的成功，各地的師專、師院、師範大學功不可沒，穩固的師資培育結構，控管了教學品質。師資良莠對教育的影響不言可喻，在華語教學上，五十年來兩岸都做了一些努力，但因社會背景、投入資源不同，而有了相異的面貌，以下將分別敘述。

（一）大陸：深化的專業學科

　　大陸的對外漢語教學始自一九五〇年清華大學籌建東歐交換生中國語文專修班，發展至二〇〇四年教育部頒佈《漢語作為外語教學能力認定辦法》，其間歷經了五十多年的努力，在學科發展、理論研究、教學實踐上都獲得了驚人的成就。並於一九八九提出「發展對外漢語教學事業是一項國家和民族的事業」（施光亨，1994）[41]，此不但為學科找到了歷史定位，也讓從事此專業的教師澄清了工作的意義和價值。

　　培育漢語教師的方式，在大陸可分成「專業教師的養成」與「非科班教師再訓練」兩種。根據呂必松（1990）、劉珣（2000）所述，大陸專業漢語教師的養成教育可溯至一九七五年北京語言學院試辦外籍生的四年制「漢語言」專業本科，該系以培養漢語教師、翻譯、漢語研究人才為目標，並於一九七八年正式開辦。一九八三年北京語言學院、北京外國語大學、上海外國語大學和華東師範大學等相繼創辦了

---

[41] 國家教委，一九八九，印發的《全國對外漢語教學工作會議紀要》通知，載於施光亨主編《對外漢語教學是一門新興的學科》。

「對外漢語教學」系，專門培養對外漢語教師，並開始帶領本國學生進入此專業。一九八六年起北京語言學院、北京大學漢語中心等單位開始設置外籍生的碩士專業課程。一九九七年設置博士專業。至此，對外漢語的學歷教育體系建立完畢。教學的對象先外籍生而後本國學生，階段則是由本科、碩士、博士依次遞進，從教學實踐到理論研究逐步奠定基礎。

綜觀全球華語教學，教師人數永遠趕不上市場的需求，「非科班」的教師仍是教學的主力。為因應教學需要，以外文系、中文系為主要對象的非科班教師再訓練便應運而生了。其目標乃是協助非專業的教師更新知識，準確掌握對外漢語的教學原則和方法。這類培訓型態始於一九八四年北京語言學院辦的師資培訓班，此為文革後的創舉。一九八六年進行跨國合作，創辦了中美教師培訓班。一九八七年開始，北京語言學院每年舉辦數期漢語教師培訓班。一九八九年後教委批准北京語言學院漢語教師研修中心為對外漢語教師培訓機構。一九九七年將漢語教師研修中心擴建為漢語教師進修學院。可知，即使是非科班的教師養成教育，也逐步使其與正規的教育結合。

除了教師培訓之外，一九九二年起，有了對外漢語教學師資的資格審定和資格考試。截至二〇〇三年底，已有三六九〇人獲得《對外漢語教師資格證書》（呂諾，2004）。從學習者超過兩千五百萬、一些國家將漢語定為第一或第二外語的全球漢語學習熱潮來看，當年的審定方式似局限了漢語教師人數的擴展。因此，大陸於二〇〇四年頒佈了新的認定辦法，教師資格的認定對象不再局限於國內，凡符合條件的中

國公民、華人華僑或外國公民都可以申請漢語教師資格，並依實際情況將教學能力分為初、中、高三種等級，藉以區別不同層次證書持有者所具備的知識結構和教學能力。此種彈性且務實的作法，預估將能吸引更多國內外優秀的人才投入對外漢語教學事業。

（二）臺灣：淺層的推廣教育

從大方向看，臺灣的華語教師培育和大陸的類似，亦分為「專業教師的養成」與「非科班教師再訓練」兩種。然而，臺灣因缺乏上層的指導單位統一擘劃，使得整個專業發展，雖多元但無系統。論教育定位，是補習教育；教師身份，等同無退休保障的聘僱人員；缺乏具公信力的華語師資認證制度，教師無法納入正規教育體制。即便存在著定位不明、生活保障不足的不利因素，這個行業仍在臺灣發展了五十年。

臺灣華語教學「非科班的職業訓練」始於七十年代，當時世界學習華語熱潮興起，民間學術團體「世界華語文教育學會」結合了華語文學者於一九七三年開辦「華語文師資研習班」，為將赴國外留學的青年以及畢業後返僑居國之僑生，提供九週的華語文師資培訓課程，迄今已辦理一四三期，結訓學員達五千人（董鵬程，2004）。一九七四年僑務委員會所屬的中華函授學校，為培育海外中文教師，設立了華文教師科，陸續發展了教育概論、語言學概論、文學概論、文字學、修辭學、華語文教材教法、注音符號教學、教育行政學、教育心理學、班級經營、兒童心理學等十一門課。一九八四年師大國語中心接受教育部專案「中國語文教師輸出

計畫」委託，籌辦為期九個月的週末華語師資班，全期授課一百六十小時。截至兩千年，國語中心透過此專案出國任教的教師已超過一五〇名（羅青哲編，2000）。兩千年開始「非科班的職業訓練」急速成長，包括：臺大、師大、政大、中山、成大、中原、文化、慈濟、輔仁、佛光、東海等超過十所大學的推廣部、語文中心開辦了晚間或週末華語師資班。時數從三十三至一〇八小時不等，科目少至六科多至二十三科，結業時由教學單位發給師資班結業證書，保守估計，一年內島內各單位發出的證書總數超過了一千五百張。其課程約分為兩種走向：

A 型課程包括：1. 華語文教學推廣與展望、2. 漢語語言學概論、3. 國語語法與教學、4. 華語語音教學與正音、5. 漢字教學、6. 語言與文化、7. 華語教學法、8. 第二語言習得、9. 語言對比與教學、10. 認知與語言教學、11. 中介語分析、12. 華語文電腦媒體教學、13. 華語教材介紹與分析、14. 華語教學法示範等十四門，總計授課九十六小時，平均每門課的時數近七小時，收費一萬八千元，每小時學費一百八十七塊五。

B 型課程包括：1. 華語語音學與正音、2. 華語語法學、3. 文字學、4. 華語教學法、5. 中國文學概論、6. 教學媒體與華語教學六科。課時總計一〇五小時，平均每門課的課時是十七小時三十分鐘，每科有期末報告或考試，收費一萬七千元，每小時學費一百六十一塊九。

A 型演講式的課程，涵蓋了華語教學的各層面，有利局外人認識此領域。B 型則傾向一般大學的課程，每科相當於

一個學分的授課量，並以期末測驗為教學把關。然而，無論哪一種規劃與「專業訓練」都有著一段距離，學員得到的僅是概括性的瞭解，亦即，我們不能把短期師資培訓班視為華語教學人才的養成所，其結業的學員也不等同於受過專業訓練的華語老師，短期師資班的榮景亦不代表島內有著豐沛的華語人力資源。

臺灣正規的華語教師養成教育起步得很晚。首創於一九九五年，臺灣師範大學成立華語文教學研究所碩士班，兼收本地生與外籍生。二〇〇三年是華語教學界輝煌的一年，臺灣師範大學成立華語文教學研究所博士班，高雄師範大學成立華語文教學研究所碩士班，中原大學成立了以推展華語教育為宗旨的應用華語文學系。至此，臺灣的華語教學也有了各級的學歷教育，由於二〇〇三年成立的三個單位都在草創階段，不同校系的各級培育機構是否能合作開創新局，尚未可知。

在本世紀中文即將成為全球第二大語言時，面對與日俱增的學習者、多元的課程需求，華語師資培育若想跟上時代的腳步，需從深度與廣度兩個面向去發展。深度指的是與本學科相關的教育學、第二語言習得、語言學、教學科技等研究的持續加深，以藉此鞏固學科的根基。廣度指的是拓展各層次的華語教學，從過去以留學生為主的成人第二語言教學，擴大到幼兒、初等、中等、高等各階段的各型式教學；從一位華語老師用一種教材、一種方法去應付各年齡層的教學，轉移到專業教師需熟知某年齡層的認知發展，並據此設計符合學習者生理、心理狀態的教學內容與活動。專業的深化對應的是人力、物力的大量投入，因此打工、兼差、玩票

性質的教師應從市場中逐漸退去，而由受過紮實專業訓練的教師取而代之。

僑教師資的培育，其難度實高於國內教育體制內的師資培育。僑居地教師所面對的情境是教學資源匱乏，而語言環境又遠較臺灣、大陸為複雜，因此華語師資的培育，似不能依循過往採取淺層的專長訓練，而該從語文訓練開始，逐步提升教學技能，進而打下堅實基礎。根據教學需求，我們評估明日的海外華語教師在學科上至少需有以下四類能力，其中不同於以往的則是掌握資訊技術與操作的能力：

1. 具華語教學的語文知識（語音、語法、詞彙、漢字）和語言應用（聽、說、讀、寫）能力。
2. 具備語言教學的專業知識和應變能力，以負擔各類型、各程度的教學。
3. 有獨立作業的能力，如：教學管理、編寫教材、設計各類評量等。
4. 能利用相關資訊媒體、技術以協助課內、課外教學。

四、從僑生轉化為華語文師資的教育建構

既深且廣的「僑生華語文師資培訓」，應是建立是在正規大學體制之下的專業課程，它可以是一個本科科系，也可以做為輔系，甚至可以是一個學程。而其教學對象是僑生，為達成既定的目標，教學機構不僅要提供相關的課程，也要在課程結束後設置評估能力的測試。以下將從教學理念、課程規劃、素質評鑑三個方向來說明。

（一）全人教育的教學理念

　　教學的過程中，教師所傳遞的不僅是所教授的內容，亦有所謂的「潛在課程」，亦即教師無心的表現，學生竟在潛移默化中學會了。大學僑生華語文師資課程的教學對象為大學中的僑生，其回國後會從事的教學工作應屬初等、中等教育。教學對象年紀越輕，教師對學習者人格的影響就越大，因此，在整體的師資培育過程中，我們強調教師的「全人教育」，亦即天、人、物、我的和諧。以下歸納為較具體的四個平衡指標：

1. 專門學科與通識學科的平衡：專業學科是為儲備學習者就業、深造所需的知識和技能；通識學科則是發展提升生活、適應環境變遷的能力。此外，華語教學與其他學科的結緣性強，像商用會話、中醫漢語、法律中文等課程的教師，都需具備其他領域的知識。因此，就學過程中，除了華語專業的必修學分外，學生也應修習至少三十個學分的文學、藝術、歷史、自然、科技等通識課程。

2. 學養與人格的平衡：何謂「健全的人格」在今日這個眾聲喧嘩、知識多元的社會裡，在意的人已經不多了。由於教師的人格直接影響年幼學習者的世界觀，師資培育機構便不能輕忽人格教育。在教學中適時融入教師專業倫理的教材，以健全人格為經、豐富學養為緯，經緯綿織，培育未來世界的教育工作者。

3.　個體與群體的平衡：看重自己、肯定自我，是時下
　　青年的特色。個人獨特的自我固然重要，但人也活
　　在社會中。人在群體中對映出自己的特質，同時也
　　在堅持自我時，看到自己與他人的互動關係。回顧
　　人類歷史發展，不乏強調犧牲小我，完成大我的無
　　私主義；但同時也存在過度膨脹自我，拔一毛以利
　　天下不為的自私主義。個體與群體之間，如何求得
　　平衡？為此，課程中將規劃為期一年的小組合作專
　　題訓練，使學生學習到在看重自我的同時也要能夠
　　與群體融合。

4.　身心靈的平衡：指身體、心理、信仰的平衡。近年
　　憂鬱症、自殺人數的攀升，使人意識到是現代人的
　　心理健康，以及對人生終極目標的期待有了偏差。
　　在師資培育的課程中，將會適時開設運動與健康、
　　人生哲學、宗教哲學等課程，以期將來站在講臺上
　　的是身體健康、心理平衡、目標清楚的華語教師。

（二）語文教師知能結構

　　在教師的知能上，華語文教學的學科的屬性是複雜多樣
的，它可歸入應用語言教學類，因此，教師所需的學科知識
便可分為兩部分：一是學科基礎知識，包括華語語音、詞彙、
語法、漢字等；二是教學知識，包括以華語為第二語言教學
的理論、習得規律、教學規律、教學途徑、教學心理等。此
外，就教材內容論，華語文教學和其他學科亦有極強的聯結
性，它涉入了人類語言學、文化學、古典文學、史學、社會
學等範疇。

由於研究華文師資專業知識架構的資料不多，以下我將以三個方向做為釐清華文教師知識、能力標準的依據。第一，以「交際（溝通）語言教育為根本的母語教育」（余應源，1996）教師所應具備的素養為基本架構。第二，以中外語文教師所需的共同教學能力（朱純編，1994）做補充。第三，以實際職場需要做修正。並將歸納的結果製表如下：

1. 專業知識結構表

知識結構類別	內容	細目
中文基礎知識	語言學知識	1.現代漢語 2.古代漢語 3.語言學知識
	文學知識	1.中國古代文學 2.中國現代文學 3.主要文學理論
教育基礎知識	教育心理學	1.行為學派理論 2.認知學派理論 3.人本心理學 4.第二語言習得 5.語言發展心理學 6.諮商輔導理論
	教育哲學	1.中國教育思想 2.西方教育思潮
	教學法	1.第二語言教學法 2.漢語聽說讀寫各語言技能的教學
	教育工學	1.運用視聽媒體 2.以電腦輔助教學
語文能力	聽	1.能辨識方言聲音 2.敏於辨識錯誤發音
	說	1.清晰的表達能力 2.善於示範 3.善於提問 4.語言合乎規範 5.能判斷並改正病句

	讀	1.基本外語閱讀能力 2.文言白話閱讀能力
	寫	1.文筆流暢 2.基本應用文寫作
通識教育		1.人文社會知識 2.自然學科知識 3.思辨推理能力

2. 華語文教師教學能力結構表

能力結構類別	內容	細目
課堂教學能力	駕馭教材	1.選取、刪修、增補教材 2.凸顯教學重點
	教學管理	1.訂定可行之教學計畫 2.課內與課外教學相輔相成
	運用教法	1.能因時制宜選用最合適的教學法 2.融合各種教學法
	觀察對象	1.環境對學習者的影響 2.掌握學習者的學習風格
	教學應變	1.掌握課程進行的流程 2.使學生積極參與 3.保持高度彈性 4.維持鎮靜態度
	規劃作業	1.設計多元作業 2.批改作業
	設計評量能力	1.瞭解語言測驗基本要求 2.筆試測驗技巧 3.口試技巧 4.安排全期各種測驗

　　據上表，華語文教師首需具備較佳的中文表達能力，口齒清晰，會說流利的華語，書寫正確的漢字，使用規範的語法。其次要能掌握中文的語音、語法、詞彙系統，並瞭解各語言點之間的關係，能準確快速地判斷學生的錯誤，並適時加以糾正。此外，還要能將心理學、教育學、語言教學法等知識融於課堂之中，維持學生的學習動機，有效解決課堂糾紛。師生互動時，能設計、參與、組織、開展跟教學有關的活動。在作業能力上，要能操作電化教學設備，運用網路資源，並藉此提高教學的效率。最後，教師須瞭解語文測試的原則，並在教學過程中，提供學生客觀、準確、多元的能力評量。華語教師的養成教育是完整、多科整合、循序漸進的，從理念到操作的系統訓練，需要語文、教育、心理多領域的後援，若能在綜合大學內進行規劃，師資、教學活動則較周全。

（三）大學體制內的課程規劃

　　在大學正規體制內，僑教師資的培育可以兩種型式存在，即大學本科和教育學程。教育學程中又可分為培養小學教師的初等教育學程和國中、高中的中等教育學程兩種。預計的學分數、學時如下：

	大學本科	初教學程	中教學程
學分	128	40	30
學時	2304	720	540

1. 本科課程：明日海外種子教師的培育

四年制的本科課程，是為培養具獨立教學能力的明日海外華語文教師而設的，教學內容有：一、基礎的語文訓練，以中級華語文程度學生為例，預計兩年之內可以完成。二、專業課程。專業課程如下：

語文訓練：華語聽、說、讀、寫能力訓練。閱讀與寫作指導（4）[42]

語言文化：語言學概論（4）、語音學（2）、華語正音（2）、語法學（2）、詞彙學（2）、文字學（4）、古代漢語（4）、中國文學史（4）、現代文學史（2）、中國思想史（4）、中國文化導論（2）

華語教學：教育學（3）、教育心理學（3）、華語文教學導論（2）、華語文教材教法（4）、華語文測驗與評量（3）、語言教學活動設計（2）、華語教材編寫（2）、語言發展心理學（2）、第二語言習得（2）、多元文化教育（2）

資訊傳媒：資訊系統與網路導論（2）、中文資訊處理（2）、多媒體與語文教學（3）、電腦排版與設計（2）、電子報實務（2）、資料庫系統（2）

實作訓練：教學實習（2）、畢業專題（4）。

---

[42] 括號內為學分數。一個學分相當於十八個小時的授課鐘點。

2. 華語文教師學程：儲備海外教師

　　「華語文教師學程」是針對非華語教學科系的僑生而設的，經由訓練「華語教學」可成為其第二專長。其方式為大學在學僑生，於「華語文能力測試」通過後，修畢三十至四十個華語文教學相關學分，由大學發給「華語文師資學程證書」，以此做為未來在僑校、海外中文補習學校任教的能力證明。雖是學程仍包括實習、畢業製作等實踐課程。課時在五四〇到七二〇小時之間，超過坊間「華語文師資培訓班」的五倍。必修課程內容如下：

　　　語文基礎：　現代漢語（3）、語言學概論（3）、國語正音
　　　　　　　　　（2）。
　　　華語教學：　華語文教材教法（4）、華語文課程設計（2）、
　　　　　　　　　華語文測驗評量（2）
　　　教　育　類：　語文教育學（3）、教育心理學（2）。
　　　中國文化：　中國文化通論（2）、中國文學概論（3）。
　　　資訊教育：　電腦輔助教學（2）、網路語文教材製作（2）。

　　由於各僑居地的中文環境、資源不一，海外的華語文教學不同於臺灣初等、中等學校的中文母語教學。面對零起點的學生，教師宜採用以中文為第二語言的教學法，也就是把中文當作一種外語來教。反之，在面對新移民子女時（例如：臺北學校），華語文教師則需回歸第一語言的中文教學形式。依學習者的年齡、學習需求，約略可劃分出初等、中等兩類教育學程，教師資格亦稍有不同：

學生層級	教育類別	教師資格
學前兒童 小學生	初等教育	1. 通過華語文能力測驗 2. 華語口語測驗 3. 科系不限，需熟悉當地語言 4. 修習初等教育學程四十學分。
國中生 高中生	中等教育	1. 通過華語文能力測驗 2. 華語口語測驗 3. 大學文史、社科相關科系畢業 4. 修習中等教育三十個學分

　　「華語文教師學程」是為有志華教但非本科系畢業的僑生設計的，他們熟悉僑居地語言、文化，可以協助初學者，有效降低因母語干擾所造成的中文學習障礙，此外，若僑生學成後願意返回僑居地服務，其流動率則較外國聘任的教師為低。本課程定位為儲備教師，是因為修習學程者本身皆具有其他專業，「華語文教師學程」僅是提高其成為華語教師的機會。

（四）素質評鑑

大學本科的評鑑流程

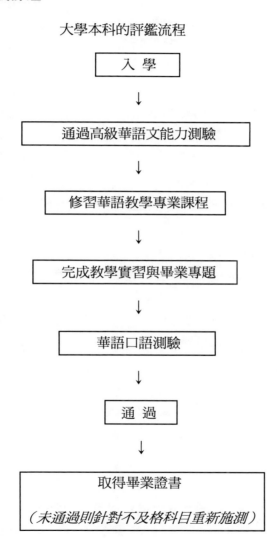

| 入　學 |

↓

| 通過高級華語文能力測驗 |

↓

| 修習華語教學專業課程 |

↓

| 完成教學實習與畢業專題 |

↓

| 華語口語測驗 |

↓

| 通　過 |

↓

| 取得畢業證書
（未通過則針對不及格科目重新施測） |

　　評估專業能力，無可避免地需採用客觀的評量方式。對於修習華語文教學課程的僑生，入學時將給予第一次的華語文能力測驗，以便根據測驗的結果，安排學習者選讀合適的語文課。兩年之內，學習者需通過進入專業師資養成教育的門檻──「漢語水平考試」（HSK）九級以上，或是僑生華語文能力測驗分數達一三五以上。之後，才能修習專業師資訓練課程，此時，僑生應有能力與本地同學同班修習六十六個專業學分。最後一年，除了專業課程之外，還需完成教學實習與畢業專題。負責教學實習的教師即為該生在學四年的導師，為落實「從做中學」、「知、行、思」（饒見維，1996）的培育理念，每次實習都需繳交實習回顧作業，並與實習輔導教師討論。

　　「畢業專題」是指在畢業時繳出一份能代表四年努力的成果，內容包括：語文教學論文、課程教學錄影帶、網路華語文課程、編寫華語文教材等等。最後僑生需通過「華語口語測驗」，以確定其口語表達能力足以勝任華語教學工作。通過後則可取得畢業證書，與修習「華語文教育學程」的評鑑過程相同。以上所提及的測試，除了「僑生華語文能力測驗」已由教育部委託「世界華語文教育學會」研製完成試用外，「華語口語測驗」則需重新開發。若能按部就班進行紮實的訓練、評鑑，未來海外華教師資素質必能明顯提高。

五、未來展望

　　對比兩岸華語文師資培育以及整個華語教學的發展，不難看出大陸無論在設置機構、編纂教材、發展測驗、專業研

究上都較臺灣快速、出色，其主要原因是有國家漢辦、僑辦統籌擘劃，扮演著指揮中心的角色，使整個對外漢語教學呈現出高效率、高統整的風貌。反觀臺灣，雖然民間活力充沛，但缺乏一個名實相符、具公信力的單位統合島內華教資源。目前，僑生業務由教育部僑民教育委員會主管，雖然在過往的僑民教育研討會中，不斷有學者大聲疾呼海外華文教育的殷切需求，然專業的科系仍未建立。故而，本文的構想提出後，最終的目標當然是建立培育僑教師資的專門科系，如果初期因為人數不足，無法實施，或可先由同地區的幾所大學聯合試辦「華語文師資學程」，之後，再逐步發展成專業科系。其背後需要有一雙推動搖籃的手，以及一所真正有僑教使命感的大學，就像東華大學致力於原住民教育一樣。也期待政府能比照「臺灣獎學金」，提供華僑子弟「僑民教育獎學金」，以照顧外籍人士的貼心方式照顧同文同種的僑鄉子弟，使有心致力於華教的學子，能安心地接受四年有系統的師資養成教育。

參考書目

1. 丘錦昌（1995），《教育視導之理論與實際》，台北：五南圖書公司，頁 47。

2. 田鳳俊（2003），〈教育行動研究與外語教學創新〉，收錄於《外語教學》第 24 卷，第 6 期，頁 63-67。

3. 皮連生編（1997），《學與教的心理學》，上海：華東師範大學出版社，頁 20。

4. 朱純編（1994），《外語教學心理學》，上海：外語教育出版社，頁 349-358。

5. 何福田、羅瑞玉、吳根明合著（2000），〈緬甸華文教育的現況與展望〉，收錄於《第二屆僑民教育學術研討會會議實錄》，台北：教育部僑民教育委員會，頁 45-66。

6. 余應源編（1996），《語文教育學》，江西：江西教育出版社，頁 371-383。

7. 呂必松（1990），《對外漢語教學發展概要》，北京：北京語言學院出版社，頁 1-21。

8. 呂諾（2004），〈華人華僑外國公民將可申請漢語教師資格〉，摘自中國教育和科研計算機網，網址 http://www.edu.cn/20040916/3115903.shtml。

9. 宋如瑜（1998），《由新手邁向專家之途——北京清華大學 IUP 對外漢語教師培訓行動研究》，國立東華大學教育研究所碩士論文。

10. 宋如瑜（2000），〈困境與突破—暨南國際大學僑生國文分

級課程發展〉，收錄於《第二屆僑民教育學術研討會會議
實錄》，台北：教育部僑民教育委員會，頁 140-152。

11. 宋如瑜（2001），〈「課堂情境」與「虛擬實境」的教學互
補模式——暨大華語文課程之建構及反思〉，第二屆「全
球華文網路教育研討會」，台北：中華民國僑務委員會。

12. 宋如瑜（2001），〈大學「華語文師資學程」之設計〉，收
錄於《第三屆僑民教育學術研討會會議實錄》，台北：教
育部僑民教育委員會，頁 306-315。

13. 宋如瑜（2002），〈「教學相長」的華文夏令營教學管理模
式——以中原大學「華裔青少年華語文及福音體驗營」為
例〉，收錄於《第四屆僑民教育學術研討會會議實錄》，台
北：教育部僑民教育委員會，頁 167-188。

14. 李信、蘇玉龍（2004），〈僑教整合與發展——從國立暨南
國際大學談起〉，載於《第六屆僑民教育學術研討會會議
資料》，頁 IV-1-15。

15. 周丰娥、龍向陽（2002），〈馬來西亞華族的民族母語教
育〉，收錄於《世界民族》2002 年，第 3 期，頁 49-55。

16. 周健（1998），〈淺議東南亞華文教師的培訓〉，收錄於《暨
南學報》（哲學社會科學）第 20 卷，第 4 期，頁 65-69。

17. 周健（2004），〈香港普通話教學的若干問題〉，收錄於《語
言文字應用》2004 年，第 2 期，頁 131-136。

18. 宗世海，李靜（2004），〈印尼華文教育的現狀、問題及對
策〉，收錄於《暨南大學華文學院學報》，第 3 期，頁 6-7。

19. 林春雄等譯（1995），《教師臨床視導的技巧——職前教師
及在職教師適用》，台北：五南圖書公司，頁 6。

20. 林錫星（2003），〈緬甸華文教育產生的背景與發展趨勢〉收錄於《東南亞研究》，2003 年第 3 期，頁 69-77。

21. 施光亨主編（1994），《華語教學是一門新型的學科》，北京：北京語言學院出版社。頁 34，91。

22. 施冠慨譯（1993），《初任教師的輔導》，台北：五南圖書公司，頁 5。

23. 柯華葳、宋如瑜、張郁雯（2004），〈僑生國語聽與讀理解能力測驗編製報告〉，收錄於《華語文教學研究》第一卷，第一期，頁 53-66。

24. 郁漢良（1998），《華僑教育發展史》，台北：國立編譯館。

25. 唐鉞等主編（1967），《教育大辭書》，台北：台灣商務印書館，頁 1025。

26. 夏林清（1994），〈從研究者的「自我反映」探討「研究關係」之意涵：兩種不同研究方法之比較。〉，「社會科學研究方法檢討與前瞻」科技討論會，台北：中央研究院民族所。

27. 夏林清、鄭村棋譯著（1989），《行動科學—在實踐中探討》，台北：張老師出版社，頁 109-034。

28. 夏林清等譯（1997），Altrichter, Posch & Somekh 著，《行動研究方法導論》，台北：遠流出版事業股份有限公司，頁 7-8，263-267。

29. 夏林清譯（1996），《變—問題的形成與解決》，台北：張老師文化事業有限公司。

30. 高崇雲（2003），〈我國推動僑民教育績效與其問題及對策〉，收錄於《第五屆僑民教育學術研討會大會手冊》，台

　　　北：教育部僑民教育委員會，頁 4。

31. 高崇雲編（2001），《僑生教育》，台北：教育部僑民教育
　　委員會編印，頁 5，119。

32. 高然（1999），〈印尼蘇門答臘北部的閩南方言〉，收錄於
　　李如龍編《東南亞華人語言研究》，北京語言文化大學出
　　版社，頁 165-194。

33. 崔永華（2004），〈教師行動研究和對外漢語教學〉，收錄
　　於《世界漢語教學》總第 69 期，頁 89-95。

34. 張春興（1994），《教育心理學──三化取向的理論與實踐》，
　　台北：東華書局，頁 265-266。

35. 張德銳（1994），《教育行政研究》，台北：五南圖書公司，
　　頁 372-390。

36. 陳恆佑、宋如瑜、朱威達、吳獻良（2001），〈多媒體教學
　　系統在華語文課程上的應用〉，刊於《第五屆全球華人學
　　習科技研討會暨第十屆國際電腦輔助研討會論文集》，頁
　　1060-1066。

37. 陳錦蓮、陳月嬌(1993)，〈行動研究法〉，載於台北市立師
　　院初等教育研究所（編）：《教育研究法》，台北：台北市
　　立師範學院，頁 117-153。

38. 程虹飛（1996），《以行動研究作為師資培育模式的策略與
　　反省：一群師院生的例子》，行政院國家科學委員會專題
　　研究計畫成果報告。

39. 黃昆章（1998），〈印尼華文教育的回顧與展望〉，收錄於
　　《八桂僑史》季刊第二期，頁 4-7。

40. 溫北炎（2001），〈印尼華文教育的過去、現狀和前景〉，

收錄於《暨南學報》（哲學社會科學）第 23 卷，第 4 期，頁 73-77。

41.　溫北炎（2002），〈試析印尼華文教育的幾個問題〉，收錄於《暨南大學華文學院學報》第 2 期，頁 1-5。

42.　葉德明（1999），《華語文教學規範與理論基礎——華語文為第二語言教學芻議》，台北：師大書苑有限公司。

43.　董鵬程（2002），〈東南亞華文教育暨海外台北學校展望〉，收錄於《第四屆海外台北學校董事長暨校長聯席會議——校務發展研討會會議實錄》，教育部僑民教育委員會，頁 41。

44.　董鵬程（2004），〈從社會變遷看全球華語文教育的前景及學習環境〉，高雄師範大學演講稿。

45.　董鵬程編（2001 ），〈世界華語文教育學會大陸學術訪問團參訪報告書〉，台北：教育部僑民教育委員會，頁 4-6。

46.　鄒嘉彥（1997），〈"三言"、"兩語"說香港〉，收錄於《語言文字應用》1997 年，第 2 期，頁 15-22。

47.　僑務委員會編（1982），《僑務五十年》，台北：僑務委員會。

48.　僑務委員會編（2003），《中華民國九十二年僑務統計年報》，台北：中華民國僑務委員會。

49.　趙金銘主編（2004），《對外漢語教學概論》，北京：商務印書館，頁 13。

50.　劉人懷（1889），〈暨南大學興辦高等華僑教育的歷史回顧與展望〉，收錄於《華僑教育學術研討會會議實錄》，台灣：國立暨南國際大學主編。

51. 劉珣（2000），《對外漢語教育學引論》，北京：北京語言
文化大學出版社，頁 37-52。

52. 劉珣（2001），〈談加強對外漢語教學的教育學研究〉，收
錄於《語言教育問題研究論文集》，北京：華語教學出版
社，頁 24。

53. 蔡振翔（1996），〈從華文教育到華語教育〉，收錄於《華
僑華人歷史研究》，1996 年，第 2 期，頁 31-34。

54. 蔡麗（2001），〈發揮整體優勢，積極主動開展海外華文教
育——國務院僑辦華文教育基地工作座談會紀要〉，收錄
於《暨南大學華文學院學報》，第 2 期，頁 75-76。

55. 鄭昭明（1999），〈語言、文化與僑教〉，見《第一屆僑民
教育學術研討會會議實錄》，台北：教育部僑民教育委員
會，頁 93。

56. 羅青哲編（2000），《燃燈錄——中國語言文化教學中心四
十五年薪火相傳記》，國立台灣師範大學國語教學中心編
印，頁 82、115-116。

57. 羅慶銘（1997），〈談對華裔兒童的華語教學〉，收錄於《世
界漢語教學》，第 3 期，頁 87-91。

58. 嚴天惠（2001），〈印尼華文教育的新發展〉，收錄於《東
南亞研究》，第 4 期，頁 72-76。

59. 饒見維（1996），《教師專業發展——理論與實務》，台北：
五南圖書公司，頁 212-279。

60. Barak Rosenshine and Norma Furst, 'The Use of Direct
Observation to Study Teaching' in *Handbook of Research on
Teaching,* 2d ed., Robert M.W. Traves (Chicago: Rand

McNally, 1973), pp.122-183.

61. Chen H.Y., Chen G.Y., and Hong J.S., 1999, 'Design a Web-based Synchronized Multimedia Lecture System for Distance Education,' Proceedings of IEEE International Conference on Multimedia Computing and Systems (ICMCS'99), Vol. 2, pp. 887-891.

62. Cogan, M. (1973). *Clinical supervision.* Boston: Houghton Mifflin. pp.10-12.

63. Dull, Lloyd W. (1981). *Supervision — School Leadership Handbook.* Columbus. Ohio: Bell & Howell Company, p.8.

64. Gold, Raymond L. (1969) 'Roles in Sociolocial Field Observation.' In George McCall and J. Simmons, J. L.(eds.), *Issues in Participant Observation.* Menlo Park: Addison-Wesley. pp.30-39

65. Goldhammer, R. (1969) *Clinical supervision.* New York: Holt, Rinohart and Winston. pp.56-72.

66. Keith A. Acheson & Meredith Damien Gall, (1992). *Techniques in the clinical supervision of teachers.*

67. Lewin, K.(1946), 'Action research and minority problem', *Journal of social Issues*, vol.2(4), pp.34-46.

68. Lofland, John and Lofland, L. H. (1984) *Analyzing Social Setting —A Guide to Qualitative Observation.* (2nd ed.) Belmont, CA: Wadsworth Publishing Company Inc. pp12-13

69. Muir, Lawrence Lloyd. (1980) *The Rationale, Design, Implementary and Assessment of a Peer Supervision*

Program for Elementary School. (Ph.D. dissertation, University of Pittsburgh) p.121.

70. Oller, John W. 1983. 'Story writing principles and ESL teaching.' *TESOL Quarterly* 17:39-53.

71. Schlechty, P. & Vance, V. (1983) ' Recruitment, selection and retention: The shape of the teaching force.' Elementary School Journal, 83, pp. 469-487.

72. Vogotsky, L. S. (1978). *Mind in society.* Cambridge: Harvard University Press. pp.84-91.

國家圖書館出版品預行編目

實踐導向的華語文教育研究 / 宋如瑜著. -- 一版.
臺北市：秀威資訊科技, 2005 [民 94]
面；　　公分. -- 參考書目：面
ISBN 978-986-7263-79-7（平裝）
1. 中國語言 － 教學法

802.03　　　　　　　　　　　　94019649

社會科學類　　AF0034

實踐導向的華語文教育研究

作　　者 / 宋如瑜
發 行 人 / 宋政坤
執行編輯 / 林秉慧
圖文排版 / 莊芯媚
封面設計 / 郭雅雯
數位轉譯 / 徐真玉　　沈裕閔
圖書銷售 / 林怡君
網路服務 / 徐國晉
出版印製 / 秀威資訊科技股份有限公司
　　　　　　台北市內湖區瑞光路 583 巷 25 號 1 樓
　　　　　　電話：02-2657-9211　　　傳真：02-2657-9106
　　　　　　E-mail：service@showwe.com.tw
經 銷 商 / 紅螞蟻圖書有限公司
　　　　　　台北市內湖區舊宗路二段 121 巷 28、32 號 4 樓
　　　　　　電話：02-2795-3656　　　傳真：02-2795-4100
　　　　　　http://www.e-redant.com

2006 年 7 月 BOD 再刷
定價：320 元

讀 者 回 函 卡

感謝您購買本書，為提升服務品質，煩請填寫以下問卷，收到您的寶貴意見後，我們會仔細收藏記錄並回贈紀念品，謝謝！

1. 您購買的書名：_____

2. 您從何得知本書的消息？

　　□網路書店　　□部落格　　□資料庫搜尋　　□書訊　　□電子報　　□書店
　　□平面媒體　　□ 朋友推薦　　□網站推薦　□其他_____

3. 您對本書的評價：(請填代號　1.非常滿意 2.滿意 3.尚可 4.再改進)

　　封面設計____　　版面編排____　　內容____　　文/譯筆____　　價格____

4. 讀完書後您覺得：

　　□很有收獲　　□有收獲　　□收獲不多　　□沒收獲

5. 您會推薦本書給朋友嗎？

　　□會　　□不會，為什麼？_____

6. 其他寶貴的意見：_____

_____

_____

_____

讀者基本資料

姓名：_____　年齡：_____　性別：□女 □男

聯絡電話：_____　E-mail：_____

地址：_____

學歷：□高中(含)以下　　□高中　　□專科學校　　□大學
　　　□研究所(含)以上 □其他_____

職業：□製造業 □金融業 □資訊業 □軍警 □傳播業 □自由業
　　　□服務業 □公務員 □教職　□學生 □其他_____

To：114

台北市內湖區瑞光路 583 巷 25 號 1 樓

秀威資訊科技股份有限公司 　　　收

寄件人姓名：

寄件人地址：□□□

秀威與 BOD

BOD（Books On Demand）是數位出版的大趨勢，秀威資訊率先運用 POD 數位印刷設備來生產書籍，並提供作者全程數位出版服務，致使書籍產銷零庫存，知識傳承不絕版，目前已開闢以下書系：

一、BOD 學術著作—專業論述的閱讀延伸
二、BOD 個人著作—分享生命的心路歷程
三、BOD 旅遊著作—個人深度旅遊文學創作
四、BOD 大陸學者—大陸專業學者學術出版
五、POD 獨家經銷—數位產製的代發行書籍

BOD 秀威網路書店：www.showwe.com.tw
政府出版品網路書店：www.govbooks.com.tw

永不絕版的故事・自己寫・永不休止的音符・自己唱